ファルークの唇が耳朶に当たり、
そのままカプリと咥えついた。
甘噛みして灯里の官能を
焦らすように責め、翻弄する。

Illustration©Yen Tsutamori

おまけ
Illustration gallery
佐伯《さえき》灯里《あかり》
ファルーク
（ファルーク・ビン・タルジュ・アル＝サティーヤ）
The greatest wedding with my sheik
カバーラフ
with ラクダ ver.
カバーラフ別 ver.

Opal
オパール文庫

シークと最高のウェディング

御堂志生

プランタン出版

Contents

※本作品の内容はすべてフィクションです。

プロローグ

真珠のような月が空に浮かんでいた。

乾いた風が肌を撫でるたびに、さらさらと砂の流れる音が聞こえ――。

灯里《あかり》は砂の上に足を下ろし、ゆっくりと歩き始める。足下には丈夫なブーツを履いていたが、裸足《はだし》のような感じがしたのを覚えている。それは海辺の砂浜を歩くザクッとした感触とは違い、砂の上をスルスルと滑るみたいだった。

辺りを見回すと幾つものテントがあった。あちこちに篝火《かがりび》が見え、数十人の大人が砂の上に座り込んでいる。灯里のすぐ後ろには父も座っていた。

そのとき、彼女の右手に赤いリボンのような布が巻かれた。それも誰かの左手と重ねられ、グルグル巻きにされる。

灯里はふいに怖くなった。

その誰かの顔を確認しようと、恐る恐る見上げたとき――そこには月から下りてきたような、美しい少年が立っていた。

篝火に照らし出され、浮かび上がる少年の淡い色の髪。風に靡《なび》きながら、ときには赤い炎のように揺らめき、ときには霧のように霞んで見え、また、闇の中に消えてしまいそうにも見えた。

少年の瞳はガラス細工のようにキラキラと煌《きら》めいている。

灯里はふいに、金魚鉢の底に敷かれたビー玉を思い出していた。だが、それより十倍、百倍も少年の瞳のほうが綺麗だ。

うっとりと見惚れていると、天使のような唇が優雅に動いて、イントネーションの違う日本語が零れた。

「大丈夫だよ。何も怖いことはない」

同時に、灯里の頭の中に母の言葉が流れてくる。

「今夜、砂漠の神様にお願いすれば、ひとりの女の子が助かるの。それは灯里にしかできないことだから……いい子だから、頑張るのよ」

九歳だった灯里には、誰が助かるのか、どんなお願いをすればいいのか、砂漠の神様なんて本当にいるのか、さっぱりわからなかった。

だが天使のような少年を目の当たりにして、「神様のお使い？」と思ったような気がする。

そのあと、なぜか灯里の記憶では辺りが明るくなっていた。

空に見えていた月も、大勢いた大人たちも煙のように消えてしまい、灯里は砂漠の真ん中に少年と並んで立つ。

地平線上に朝日が昇ってくる。少しずつ、少しずつ、眩しい光が砂丘を照らしながら射し込んできて、灯里はその光景に目を細めた。

「とってもキレイ……砂が光ってる」

「もっと美しい砂漠を知ってるよ」

歌うように日本語を話した少年の髪は、朝日を浴びて砂色に輝いていた。見たことのない髪の色に、灯里は自分の目をこする。

「いつか、僕の国の美しい砂漠を君に見せてあげよう」

彼女を見下ろしているのは淡い褐色の瞳。その瞳の奥には深いグリーンが潜んでいるように見えた。

微笑む少年に、自分はなんと答えたのだろう?

どれほど考えても思い出せない。

それは遠い昔、砂漠の国で経験した不思議な出来事。

決して現実にはならない約束――灯里はそう思っていた。

第一章　ふたりの関係

三月中旬、冬の寒さがだいぶ和らいでくる時期——とはいえ、朝の八時はまだまだ寒い。

佐伯《さえき》灯里は自分で編んだ真っ白いフェイクファーのマフラーを首に巻き、厚手の手袋をはめて懸命に自転車を漕いだ。

自宅のコーポから仕事場まで、自転車で約二十分。車通りの多い道と線路を越えるため、歩道橋を渡るので朝からかなりの体力を消耗する。だが、同じ道を五年も通うとコツも呑み込めてきて、彼女はリズムをつけて一気に上った。

下りはほんの少し爽快感を味わって、すぐにブレーキング。そのころには身体もホカホカと温まってくる。

そして、駅の反対側に下りると……歩道橋からは遠くに見えた大観覧車《だいかんらんしゃ》が正面に見えてきた。グッと近づいた感じがして、わけもなく嬉しくなる。

今日は灯里にとって特別な日だった。気分が高揚《こうよう》していて、ペダルを踏む足も自然と軽やかになる。

そこはもう都立公園の中で、彼女の仕事場〝アルド・アイスアリーナ〟もその公園内にあった。

天井部分が開閉式のドーム型になっている全天候型のアイススケートリンクである。そのおかげで、天気のいい冬場や外気温の下がる時期の夜はアウトリンク、それ以外はインナーリンクとして年中営業が可能。しかも、フィギュアスケートの競技会にも使用される公式サイズのリンクだった。

二十三歳の彼女は高校を卒業すると同時に、このリンクに勤め始めた。

「おはようございまーす」

駐輪場に自転車を置き、一階の事務所に入るなり——。

「佐伯！　おまえ、今日はチケット売り場な」

朝の挨拶《あいさつ》の返事が三日続けて同じ内容だったことに、灯里もすんなりと「わかりました」とは言えない。

「岩倉《いわくら》チーフ、何度も言ってますが……チケット売り場と貸靴カウンターに入るのは、基本的にアリーナの従業員と決まってるはずです！」

「別にいいじゃねぇか。おまえだって一年前までアリーナの従業員だったんだから」

灯里の上司であり、氷上管理の責任者である岩倉は事務椅子に座り、横柄にも足を机に載せたまま答える。三十代後半でバツイチ、毎日同じようなシャツとズボン姿で着替えているのかどうか疑わしい。

しかも彼は、新聞に視線を向けたまま、チラッともこちらを見ないのだ。

たしかに灯里はこのリンクに勤めて五年だが、四年間は〝アルド・アイスアリーナ〟の従業員として働いていた。当時の仕事は、チケット売り場や貸靴カウンター、アルバイトのシフト管理から建物の清掃業務まで多岐にわたるものだった。

実を言えば高校時代からここでアルバイトをしていたので、それを含めるとプラス三年。この業界で七年も同じリンクに勤めていれば、もうベテランだ。そのため、二十歳のときには主任の肩書きまで持っていた。

だが、彼女が本来やりたかったのは滑走に最適な氷をこの手で作り上げること。

アリーナも自社の従業員を教育して氷上管理までやらせるつもりでいたらしいが、なかなか思いどおりにいかず、結局外注任せになってしまっていた。

灯里は一年前にアリーナを辞め、アリーナが外注として契約しているアイスリンクの施工管理会社〝アミューズメント企画〟に入社した。

採用されたときは、長年勤めたアリーナに配属され、ホッとしたのを覚えている。

だがすぐに、むしろ大変かも、と悟った。

「それだけじゃありません。今日は例の見学がある日じゃないですか？　わたしも一緒に……」

「ああ、そうそう、忘れてた！」

灯里の声を遮《さえぎ》るように岩倉が声を上げる。

「小山内《おさない》支配人に言われたんだ。おまえに顔を出させるなって」

思いがけない言葉に灯里は息を吞む。

「そんな……どうしてですか？」

顔を出すなというのはあんまりではないか。一ヶ月以上も前から、灯里はこの日を心待ちにしてきた。だいたい、灯里が何をしたと言うのだろう？

彼女の疑問に返ってきたのは思いもよらない答えだった。

「女だから」

「……は？」

「ほら、あっちの国ってイスラム教だっけ？　女が男と対等に仕事をするってあり得ないんだとさ。小山内支配人がそのことを気にしてんだよ。例のＶＩＰ様見学中、女子従業員は事務所に待機させるんだと」

灯里はあまりの内容に驚き、しばらくの間呆然としていた。

だが、ハッと我に返る。

「待ってください！　トルワッド国の国教はたしかにイスラム教です。でも、シーク・ファルークは外国暮らしもしていて、異教徒に自国のルールを押しつける方じゃありません!!」

「へえ、ずいぶん詳しいな」

そう言うと岩倉はようやく灯里のほうを見た。

だがそのとたん、頬《ほお》を歪めて彼女を馬鹿にするように笑ったのだ。

「なんだよ、らしくもなく念入りに化粧して。おまえってさ、シークなんたらのファンなわけ？　シーク様の気を惹いてハーレムにでも入れてもらおうってか？」

岩倉はそう言うと声を上げて笑い始めた。

すると、出勤してきた氷上アルバイトの男性ふたりが岩倉の最後の言葉だけ聞き、

「佐伯さんって、そういう趣味だったんですか？」

「シークって王子だか国王だかなんでしょ？　そんな、ムリムリ」

揃って大笑いしている。

灯里は悔しかったが、ファルークとの関係を詳しく説明するわけにはいかない。黙ってタイムレコーダーにＩＣカードを翳《かざ》し、そのまま事務所をあとにした。


トルワッド国、アラビア半島の東部に位置する小さな国だ。

この半世紀の間にヨーロッパの支配から独立。油田や天然ガスという地下資源をめぐって幾度もクーデターが起こり、国内は大荒れに荒れた。現在の政治体制になって十年ほどしか経っていないが、その地下資源のおかげで、世界トップクラスのＧＤＰを誇っている。

ファルーク・ビン・タルジュ・アル＝サティーヤ――シーク・ファルークと呼ばれる彼

が、トルワッド国の首長《アミール》に就いたのは今年の一月のこと。

灯里がそのことを知ったのは、新聞やインターネットではなく大学教授である父、佐伯幸一郎《こういちろう》からだった。

「まさか……ファルークが首長に決まるとは」

幸一郎は農学博士号を持ち、大学では緑地環境学を教えている。大学院生のときから三十年以上アラビア半島で砂漠の緑化に関する研究を続けており、その関係でファルークの亡き父シーク・タルジュと知り合った。ファルークのことも生まれたときから知っているという。

「ここ三年ほど日本にはやって来なかったが……近いうちに来るかもしれんな」

年末年始は忙しくて休みの取れない灯里のコーポまでやって来て、幸一郎はそんなことを話して帰っていった。

(お父さんって、ファルークの話をするためだけにうちに来たのかな？　でも、予想は当たってたのよね)

そのあとひと月も経たず、日本のトルワッド大使館からアリーナに連絡が入った。

自国にアイススケートリンクを造るため、準備委員会が来日して〝アルド・アイスアリーナ〟を見学したい。それには準備委員会の代表として、筆頭に名を連ねているファルークも訪れる。そう言われたのだった。

その話をアリーナの支配人、小山内から聞いて以降、灯里は三年ぶりに会えるファルークの姿を思い浮かべ、胸をときめかせていた。

(何がシーク様のハーレムよ！　ファルークがそんな……ハーレムなんて作るわけないじゃない。あーもう、頭にくる!!)

灯里は午前中の仕事を終わらせたあと、事務所の奥にあるチケット売り場の一角を陣取り、ブツブツ言いながら座っていた。

窓口との間には目隠しの衝立《ついたて》があるので、仮にお客が来ても彼女の姿は見えない。

ほんの少し仕事を忘れて机に突っ伏すと、目の前にコーヒーの注がれたマグカップがトンと置かれた。

「灯里ちゃん、目が三角になってるわよ。ほら、怒らない、怒らない」

コーヒーを淹れて、声をかけてくれたのはパート従業員の金沢弓枝《かなざわゆみえ》だ。アリーナに勤め始めて三年目の弓枝は灯里が採用を決めた女性だった。

灯里よりひと回り年上だが、小柄で優しい面立ちのせいか若く見える。アリーナから制服として支給される、淡いピンク色のナイロンジャンパーがよく似合っていた。

学生アルバイトが仕事に入れない平日の昼間、灯里はこの弓枝と一緒にチケット売り場で過ごすことが多かった。

弓枝は既婚者だが子供がいないため自由になる時間も多い。今でも休日にふたりで食事に行くこともある。そのせいか、灯里もいろいろなことを彼女に話していた。

「そうは言ってもね……いい加減、怒るわよ！　わたしだって氷上管理としてアリーナに入ってるのに……。半分くらい前と変わらない仕事をさせられてるんだもの。これじゃ、なんのためにこっちを辞めて再就職したのかわかんないじゃない！」

愚痴は言いたくないが、それでも愚痴が出てしまう。

「そうよねぇ。しかも、憧れの王子様に会えるって日に、こんなとこに閉じ込められたんじゃ」

弓枝は思わせぶりに呟き、片目を瞑って笑った。

アリーナに勤める他の人間には詮索されたくないので話していないが、この弓枝にはファルークとの関係を話してある。

そんな気安さもあり、灯里は弓枝の前で大きなため息をついた。

「昔はね、なんだかんだ言って年に一回は会ってた気がする。でも、ここ三年くらい日本に来てないから。まあ、向こうはわたしがここにいるって覚えてないと思うし、偶然なのはわかってるんだけどね」

この〝アルド・アイスアリーナ〟の親会社はアルド石油。併設されている〝シーサイドパークホテル〟のオーナーも同じだった。

アルド石油は、トルワッド国と同じアラビア半島にあるアルド王国の王族が所有する石油会社だ。小国であるトルワッド国は、地下資源の輸出はすべてアルド石油を通じて行っている。トルワッド大使館がこのアリーナを見学先に決めたのも、そういった繋がりからだろう。

「馬鹿みたいよね。いつもは口紅を塗るのがせいぜいなのに……三年ぶりに会えるかもって思って、昨日は美容院まで予約して行ってきたんだから」

昔とあまり変えたくないと思いつつ、少しだけカットした。プロにヘアトリートメントをしてもらった効果で髪はサラサラだ。いつもみたいにギュッとひとつに縛るのがもったいなくて、今日はバレッタで緩く留めている。

ファルークから「綺麗になったね」と言ってもらいたい。それだけだった。

「最後に会ったのが都心のラグジュアリーホテルでね。わたしの二十歳の誕生日だからって、一流のレストランを予約してくれて……」

灯里は精いっぱい着飾って行った。だが、よほど周囲から浮いていたのだろう。ファルークはそれまでに比べると口数も笑顔も少なかった。

あの日を最後に、ファルークが佐伯家を訪ねてくることはなくなったのだ。

「でも、灯里ちゃんのせいじゃないと思うわよ。だって、もともとお父さんを訪ねて来られてたんでしょう?」

「まあ、そうなんだけどね。なんでも、ファルークの妹さんが日本の病院で手術を受けた、とか。そのときに大学病院に紹介したって話。でも、詳しくは教えてくれないのよ」

今から十四、五年前の話だ。当時のトルワッド国首長がファルークの父タルジュだった。彼はクーデターで妻とともに亡くなり、ふたりの子供——ファルークと手術が必要な妹が残された。そのとき、懇意《こんい》にしていた灯里の父、幸一郎がなんらかの手段を使ってふたりに手を差し伸べたらしい。

ファルークが毎年お忍びで佐伯家を訪ねていたのは、そのときのお礼なのだ。

灯里はそんなことを考えながら、壁にかかった時計に目を走らせた。

間もなく十三時——それはファルークをはじめとした準備委員会のメンバーが、アリーナを訪れる時間だった。

一行はまず隣のホテルに到着し、ひと休みしてからアリーナにやって来る。

アリーナ支配人の小山内と氷上管理責任者の岩倉が、一行の案内をして回るのだろう。

せめてその後ろをついて回れたらと思っていた。

それが、このチケット売り場から出ることもできないなんて……。

（せめて、この正面入り口を通ってくれたらいいのにな。でも、無理よね。だってホテルからなら、宿泊客向けの入り口を使うはずだもの）

宿泊客向けにホテルのカードキーで支払いができる出入り口がある。そっちを使えば、チケット売り場の前を通ることはない。

ファルークの姿を遠目に見ることすらできなくなった。そう思うだけで、灯里の心は悔しさにざわめいた。

「そうだ！　実家に戻ってみれば？　今日か明日にでも、訪ねて来られるんじゃないの？」

閃いたとばかりに弓枝は声を上げる。

そんな彼女に向かって、灯里は小さく首を振った。

「これまで事前に連絡があったそうなの。でも、今回は何もないって……」

弓枝も残念そうに肩を落とした。

(これまではシークの称号だけだったけど……。首長っていえば、王様みたいなものだって聞いたわ。きっともう、二度と会うことはないんだろうな)

マグカップを手に取り、温くなったコーヒーを啜《すす》る。

ちょっと苦くて、ファルークに教えてもらったアラビアコーヒーの味を思い出した。

「佐伯さぁーん、ちょっと並んできたんですけどぉ」

ひとりで窓口に座っていたアルバイトの草壁《くさかべ》真由美《まゆみ》が、困り果てたような声を上げる。

真由美は十九歳の専門学校生だが、いつ学校に行っているのだろう、と不思議に思うくらい平日の昼間から仕事に入っていた。だからと言って決して仕事熱心というわけではなく、むしろ、やりたくもない仕事だがバイト料がいいので頑張って出て来ている、という印象だ。

「ちょっと困ったら〝佐伯さぁーん〟だもんねぇ。知ってる？　灯里ちゃんをチケット売り場に回してくださいって、岩倉チーフに頼んでるのはあの子って話」

「まさか!?」

「ホントよ。灯里ちゃんがいないときは……〝金沢さぁーん〟だもの。今だって、二、三組並んでるだけじゃないの？」

チケット売り場の窓口は三つある。平日の昼間はだいたいひとつしか開けていない。十六時を回り、学校や仕事帰りのお客がやってくる時間になるとふたつ開ける。この時期、三つとも開けるのは土日祝日くらいだ。

ただ、三月は学校が休みになることも多く、平日の昼間から子供連れや学生たちの姿をちらほらと見かける。そのせいで、混んでいるように感じる日もあった。

弓枝に言われて、灯里は衝立から覗き込むように窓口を見る。

真由美の前には大学生くらいのカップルが一組、その後ろに子供を三人連れた父親が立っていた。

窓口から見えるアリーナ専用駐車場には新しく入ってくる車が見えるが、もうひとつ開けるほどではない。

「佐伯さぁーん」

灯里は立ち上がり、窓口まで歩いて行く。

「この人数なら草壁さんだけで大丈夫でしょう？　もうひとつ開けるほどじゃないわ」

真由美の後ろに立ち、彼女の耳元で話しかけた。

責任のない真由美は気軽に窓口を開けてほしいと言うが……。開けるとなると、窓口ごとに金庫からお釣りを用意しなくてはならない。安全上の問題もあり、常に人をつける必要が出てくる。

「無理そうなら弓枝さんと交代してもらうけど……その代わり、衝立の向こうで招待券にスタンプを押してね」

春休みに向けて営業用に招待券を配る。それに使用期限のスタンプを押し、配布先ごとに枚数を計算してナンバーを控える、という単純作業もチケット売り場担当者の仕事だ。

そして、この単純作業を真由美は嫌っていた。

するとと灯里の思ったとおり、

「えーっ……あたし、こっちでいいです」

真由美は窓口のほうを選んだ。

灯里は振り返り、弓枝と顔を見合わせて小さく笑う。その直後、事務所のほうからドタドタと足音が聞こえてきたのだった。

(ど、どうしたの？　何かあった？)

ビックリして事務所に繋がるドアに近寄ろうとしたとき、ドアが勢いよく開いた。

飛び込んできたのは岩倉や灯里と同じく、〝アミューズメント企画〟から氷上管理に出向してきている永井《ながい》だった。

永井は二十代後半で灯里にとっては先輩に当たる。岩倉と違って、女性というだけで灯里を見下すようなことは言わない。

学生時代はアイスホッケーをしていたらしく、体力があるので氷上監視員たちのリーダー的存在だ。体育会系の口調と爽やかな容姿から、アリーナ常連の子供たちにはとくに慕われている。素朴な笑顔が教育番組のお兄さんに似ているからと、子供や保護者には〝スケートのお兄さん〟と呼ばれていた。

だが、そんな永井からいつもの笑顔が消えている。

「あ、あか、灯里ちゃん、た、たい、大変だ……」

彼は真っ青な顔で、灯里を凝視《ぎょうし》するのだった。

☆　☆　☆

支配人の小山内の失態は、女性従業員が視察の邪魔にならないよう配慮した、と宣言したことから始まった。

『イスラム社会全体はともかく、我が国では女性の地位向上を目指している。トルワッドの教育大臣が女性であることも知らないようだな。私がここを選んだのは、アルド石油の傘下であるからではない。佐伯灯里がここで働いているからだ。案内は彼女に頼みたい』

ファルークはそう言ったあと、不機嫌そうに黙り込んだという。

当然、通訳は小山内にそのことを伝えるが、

「いやあ、佐伯はまだまだ若く不慣れでして、殿下のご案内をさせていただくのは、ここにいるチーフの岩倉が最適かと……」

彼はファルークの——首長の言葉にどれほどの重みがあるのかも理解せず、ヘラヘラ笑

いながら答えてしまう。

もちろん通訳は戸惑う顔をしながらも、言葉どおりに訳してファルークに伝えた。

その直後、ファルークは小山内に向かって怒鳴った。

「誰が最適か決めるのはこの私だ！　佐伯灯里をここに呼び、女性従業員をすぐさま通常の業務に戻せ！」

それは日本語だった。

ファルークは小山内が想像するアラブ人の容姿とは違う。薄い金色――亜麻色と呼ばれる髪に薄い茶色の瞳、そして肌の色を見れば西洋人のようだ。

どちらにせよ日本人とはまるで違う彼の口から、日本語の怒声が飛び出し、驚かない人間はいないだろう。

小山内だけでなく、そばにいた岩倉も腰が抜けたように動きを止めた。彼らは慌てて、後方に控えていた永井に灯里を呼びに行かせたのだった。


トルワッド国の首長を怒らせた。

そのことを間近で見ていた永井は半ばパニックに陥る。チケット売り場に飛び込んできたときもしばらくは支離滅裂《しりめつれつ》だった。

時間をかけて事情を聞き出し、灯里が〝シーサイドパークホテル〟のラウンジに駆けつけたのは、それから十分も経っていた。

ホテルのロビーは白を基調にした内装で天井も高く、清潔感が漂っている。

ラウンジの中央に置かれた革のソファに、悠然と腰かける男性がひとり。周囲の人々とは明らかに異質な存在に見える。彼は白いグトラをかぶり、同じく白いトーブを身に纏っていた。

これまでファルークが日本に来たときは、いつもスーツ姿だった。彼がアラビア風の衣装を着た姿を見たのは十四年前の一度きりだ。海外ではよほどでない限り、民族衣装は着ないと言っていた。それを着ているということは……。

(トルワッド国の首長だから?)

近寄りがたい雰囲気に、灯里はラウンジに立ち入った瞬間、足が固まってしまう。

そのとき、ファルークの隣に立つ側近らしき男性が彼に耳打ちした。ファルークは顔を上げ、灯里のほうに視線を向ける。

刹那——はしばみ色のまなざしがラウンジの照明を受け、琥珀色に艶めいて見えた。同時に、美しく鋭い視線が矢のようになり、灯里に向かって放たれたのだ。

たった三年、だがこの三年ではるか遠くに離れた気がしていた。

それなのに、わずか一瞬で灯里の心は射抜かれ、呼吸もできずにジッとファルークをみつめ返すままになる。

(な、なんて声をかけたらいいの？　「お久しぶりです」かな……でも、昔馴染みだと自

慢してるみたい。やっぱり「ご指名いただきありがとうございます」とか？　な、なんだかキャバクラみたいに聞こえる）

考えれば考えるほど、頭の中が真っ白になっていく。

灯里がひと言も発せず棒立ちでいると、ファルークのほうが立ち上がった。

彼は周囲より頭ひとつ分背が高い。ゆったりしたトーブの下には、優しい顔つきからは想像もできない広い肩と、見せないのがもったいないような長い脚が隠れているはずだ。

金色の髪は歳を取るごとに色合いが変わっていくと言う。だが、ファルークの淡い金髪は、十四年前からほとんど変わりなく輝き続けていた。

光を受けると、神々《こうごう》しく砂色に煌めく髪は変わらないままだろうか？

グトラが邪魔をして、近づいてくるファルークの髪の長さや色合い、そして表情もほとんどわからない。

灯里は無言のまま、彼をみつめ続けた。

一国の君主を真正面から凝視するのは失礼に当たるのではないだろうか？

そんな考えが頭の隅に浮かぶのだが、彼のひと足ごとに灯里の鼓動は速くなり、少しでも気を抜くと倒れてしまいそうだ。

「三年と三ヶ月ぶりだな。変わりないようで何よりだ」

「は……はい」

「佐伯教授や夫人もお元気かな？」

「……はい」

ひと目だけでも会いたいと思っていた。

だが、実際にこうやって会うと、灯里の頭はショートしたみたいだ。馬鹿のひとつ覚えとはよく言ったもので、「はい」しか口にできない。

言い訳をさせてもらえるなら……こうやって知人の前で、ファルークに顔を合わせるのは初めてのこと。

以前は、彼ひとりで自宅に訪ねてくることがほとんどだった。

「どうした、灯里？　今日はずいぶんと緊張しているようだが」

上司の前で名前を呼ばれ、灯里の緊張はさらに高まる。

「スケートリンクの案内を君に頼みたいのだが、無理なようなら言いなさい」

「い、いえ……大丈夫です。えっと、ファルーク……殿下」

首長にはなんと敬称をつけたらいいのだろう？　灯里はとっさに答えが見つからず、彼の顔色を窺うようにしながら「殿下」と呼んだ。

するとファルークは、フッと柔らかな笑みを浮かべる。

「それで間違ってはいない。だが、君には以前と同じく〝ファルーク〟と呼ぶことを許そう」

周囲のどよめきが彼女の耳に届き、灯里は身動きもできず息を呑んだ。

そのとき、ファルークの手が彼女の頬に触れた。

「不満がないなら返事をしなさい」

「は、はいっ！　あの……ファルーク」

「――いいだろう」

ファルークは満足そうにうなずき、アリーナの方向に足を向けた。

その瞬間、グトラがふわっと広がる。肩にかかる亜麻色の髪が目に飛び込んできて、灯里は三年前より長くなっていることに気づいた。

（ああ……ＬＥＤの光の下でも、変わらず神々しい）

神秘的な髪の色だけでなく、繊細な顎のラインも彼が十代のころと変わらない。

だが、首筋や喉元のごつごつした逞《たくま》しさは、この三年でますます男らしさを増したように見える。スーツ越しにみつめてきた広い肩は、もっと頼りがいを感じるくらいになっているのだろう。

そう思ったとたん、ファルークに触れられた頬が火傷したみたいに熱くなっていく。

もたもたする灯里に気づき、彼は立ち止まって振り返った。

「灯里、早く来なさい」

「はい！」

（わたしって「はい」しか言ってないんじゃ……）

大きく息を吸うと姿勢を正し、灯里はファルークのあとを追った。

☆　☆　☆

灯里はフラッと身体が傾き、ハッとして目を開けた。

さっきからそんなことを繰り返している。

「あ、寝てても大丈夫だよ。ちゃんとコーポまで送り届けるからさ」

運転席から聞こえてきたのは永井の声。今の灯里は、永井の車の助手席に乗っていた。

どうしてこんなことになったのかと言うと……。

今日のＶＩＰ見学で、灯里が岩倉を差し置いて前に出てしまったせいだった。それはＶＩＰ側――ファルークの希望だったのだが、あの岩倉がそのことを考慮してくれるはずがない。

ファルークたちが引き揚げると、岩倉は執拗なほど灯里に嫌みを言い始めた。

「やけに詳しいと思ったら、とんでもないお偉いさんと〝お知り合い〟だったってわけだ。こんなとこで氷なんか作ってないで、さっさとハーレムに入れてもらったらどうだ？」

しだいに小山内まで、

「知り合いなら知り合いと、なんで言っておいてくれなかったんだ！　怒られるのは私なんだからね。困るよ、本当に……」

八つ当たりのように文句を言い始める。

だが、そんなことを言われても、灯里の立場でむやみにファルークとの曖昧な関係を公言できるはずがない。

そもそも、灯里の勤務先をファルークが覚えていてくれたことにもびっくりしているくらいだ。

挙げ句、灯里の今日のシフトは十八時で上がれるはずが、ラストの二十二時まで残業を命じられた。待望の氷上管理を任されたら、「できない」とは言えなかった。

その結果、後片づけを済ませてアリーナを出るころには、時計は二十三時近く。しかも、最悪なことに外は土砂降りの雨だ。

長時間労働の上に、ファルークの案内でこれ以上ないほど気を使ったため、さすがの灯里もクタクタだった。

そんなとき永井から、

「こんな時間に女の子ひとりは危ないって。僕の車で送って行くよ」

なんて優しい言葉をかけられたら、つい、うなずいてしまっても無理はない。

車だと少し遠回りしなくてはならないが、それでも十分とかからない。明朝、早めに家を出てバスで通勤すれば済むだけのこと、灯里はそう考えた。

永井の車はハッチバックのスポーツタイプ。夜目には黒にしか見えないが、ディープブルーという濃いめの青だ。

灯里が助手席に座るなり、車好きの彼は「色は別塗装、シートも最高のヤツなんだ」と嬉しそうに語り始める。自慢するだけあってシートは想像以上に座り心地がよく、疲れていた彼女はほんの数分でうとうとしてしまい……。

そして次に気づいたとき、車は彼女の住むコーポの前に到着していたのだった。

「あ……すみません！　わたし、また眠ってましたよね？」

灯里は慌てて頬や額を押さえる。

できれば顔をごしごしと擦りたいところだ。しかし、今日は念入りに化粧している。そんなときに顔を擦れば、とんでもないことになってしまうだろう。

「本当にありがとうございました。助かりました。今度お礼にランチおごりますね……じゃあ、お疲れ様でした」

早口で言い、車から出ようとしたが、なぜかしらロックがかかったままだ。

どこかを動かせばロックは外れるはずだが、初めて乗る車なので灯里には勝手がわからない。

灯里はバッグを両手で抱えるように持ち、愛想笑いを浮かべる。

「あの……永井さん、すみません、開け方がわからなくて。そっちでロックを外してもらえたら……え？」

直後、永井の手が彼女の二の腕を摑んだ。

思いがけない距離、いわゆるパーソナルスペースに男性が入り込んできたのだ。

（こ、これって……どういうこと？）

灯里は全身が固まった。

これまでの人生、男女交際は経験したことがない。男性と手を握ったのも数回だけ、ただ一度を除き、そのすべてが学校行事でのこと。

しかもそのたった一度、学校以外で手を握った相手というのがファルークだった。

十四年前、家族でアラビア半島を旅行した。そのとき、灯里は砂漠で不思議な儀式を経験したのだ。

記憶は曖昧なのだが、誰かの無事を祈るための儀式——そう教えられたように思う。

ところが、母の弥生《やよい》は儀式に立ち合っていないので詳しいことはわからないと言い、三歳だった妹の陽香《はるか》は、砂漠の国を旅行したことすら覚えていなかった。

だがそのとき、たしかにファルークと手を繋いだ。それもお互いの指を搦《から》める〝恋人繋ぎ〟で。

灯里のわかる範囲で調べたところ、そのころのファルークは首長の息子という立場を追われ、クーデター政府から命を狙われ、逃げ回っていたという。そんな彼がどうして異国の少女とそんな儀式をしていたのか……。

当たり前だが、灯里たちが訪れた砂漠はトルワッド国の砂漠ではなかった。

（九歳のときのあれって……男の人と手を繋いだ一回目にカウントしていいのかな？）

そんな疑問を頭に浮かべつつ、灯里はなんとか永井の手を振りほどこうとする。

「あの、あの、永井さん？　ちょっと、離してほしいんですが……」

「灯里ちゃん、僕は君が好きだ！」

「……は？」

あとになって思えば、それは人生で初めて愛の告白をされた瞬間だった。一生の思い出になるような、貴重な経験のはずなのだが……。

言われた瞬間というのはどうもピンとこないものらしい。

ドキドキもしなければワクワクもせず、「早く家に帰りたいのに、なんでこんなときに？」という気持ちのほうが大きかった。

何も言わない灯里のことをどう思ったのか、永井は彼女の腕を摑んだまま、さらに身を乗り出してくる。

「君がうちの会社に入る前、アリーナに勤めてたときから好きだった。彼氏はいないみたいだし、僕が一番近くにいるって思ってたんだ。このまま仲よく過ごせたら、いつの間にか付き合ってた、みたいな関係になるかなって」

なんと答えればいいのだろう。永井の言うようなことは考えたこともなかったので、返事ができない。

（そんな、一方的に言われても困る……わたしは別に、一番近いなんて思ったこともないのに……）

あらためて考えるとすれば、灯里にとって一番はファルークだった。

だが首長になる前の彼でも、アル＝サティーヤ族の族長でシーク・ファルークと呼ばれていた。

首長の地位は直系男子が自動的に受け継ぐものではない。首長の息子であっても、閣僚会議で次期首長にふさわしくないと思われたら排除される。だから、独身のファルークが首長に選ばれる可能性は低い。新聞でそういった記事を目にした記憶があった。

しかし、ファルークは満場一致で首長に決まったという。

灯里は一般人の上、異教徒でとんでもなく遠い国に住んでいる。いくら憧れてもその思いが通じるはずはない。たまに会うことができたのも、すべて父、幸一郎との繋がりがあったためだ。

いずれ現実を見なければならない。

ファルークに対する憧れは憧れとして、いつか身近な男性を好きにならなければ。人並みに恋人も欲しいし、結婚だってしたい。

ただ、その相手が永井になるとは考えたこともなかった。

「それが……まさか、あんなアラブ人の王族と付き合いがあったなんて」

灯里の思いとは裏腹に、永井の口調は心底悔しそうだ。まるで彼女が、恋人の永井を裏切ったかのように聞こえなくもない。

「付き合いなんて、そういうことじゃありませんよ。ただ、父が知り合いってだけで……」

慌てて否定するが、永井の様子はどうも昼間とは違った。

「今日の灯里ちゃんはすごく綺麗だった。でも、それって全部あのアラブ人のためだったんだね」

腕を摑む力がどんどん強くなっていく。

とてもではないが、簡単に振り払うことなどできそうにない。灯里は眉を顰《ひそ》めつつ、彼から身体を離そうと必死になる。

「ア、アラブ人って……ファルークは……あ、いえ、ファルーク首長は、スケートリンクの見学にいらしただけで……」

「お父さんの知り合いってことは、まさか本当に、トルワッドに行ってハーレムに入る、なんてことは」

「ないですよ!!」

幸一郎と一緒にアラビア半島を旅行する、ということはあるかもしれない。その途中でトルワッド国に立ち寄ることも。ファルークのことだから歓迎してくれるだろう。

だが、それ以上でも以下でもない。

というより、ハーレムなんてこの時代にあるとは思えない。

「だったら……いいよね？　灯里ちゃん」

「はぁ？」

何が「いいよね？」なのか、すぐには理解できなかった。

灯里が呆然としていると、少しずつ永井の顔が近づいてくる。そのとき、ようやく彼の言った「いいよね？」の意味に気づいた。

（な、な、な……永井さん、キスしようとしてる⁉）

こんな形でファーストキスなんてしたくない。

もっとちゃんとした恋をして、身体に触れられるだけでドキドキして、この人とキスしたい、と思える相手でなければ嫌だ。

そう思った瞬間、ファルークのことが脳裏をよぎった。

ファルークの指先が灯里の頬に触れた——あの一瞬を思い出すだけで心が震える。

直後、永井の顔が目の前に迫った。

「やめてください！　手を放して……絶対にイヤ‼」

灯里は近づく永井の顔をバッグで押しのけ、大声で叫ぶ。だがこの雨では、外まで聞こえないだろう。通りすがりの人が助けてくれる可能性はなく、それは、自力で逃げなくてはならないということ。

ロックが解除できなければ、灯里はどうなってしまうのだろう？

（まさか、無理やりなんて……しないわよね？）

こんなことなら雨の中でも自転車で帰ってくればよかった。灯里の心は後悔でいっぱいになる。

　そのとき、灯里の真後ろにある車の窓がダンと叩かれた。

　そのままダンダンダンと音が続く。

　先に永井の動きが止まった。彼は目を見開き、驚愕の表情で灯里の背後を見ている。灯里も急いで振り返った。

　すると――。

「すぐにこのドアを開けろ！」

　そこには、恐ろしい形相で窓を叩くファルークがいた。

　一瞬、幻を見ているのだと思った。そうでなければ見間違いか。一国の首長がこんなところにいるわけがない。

　だが、土砂降りの雨に打たれているのは、見紛うはずのない亜麻色の髪。

（う、嘘……本物？　でも、どうしてファルークがこんなとこにいるのっ⁉）

　永井はすぐさま灯里から離れ、震える指先でドアのロックを外す。

　灯里は背にしていたドアがいきなり開かれ、バランスを崩して車外に転げ落ちそうになった。そこを、強い力でファルークに抱き留められる。

　頰のすぐ傍でファルークの荒い息遣いを感じ、灯里の中で時間が止まった気がした。

　だが、ファルークはすぐさま彼女を引っ張り出して立たせると、入れ替わるように車に半身を乗り入れたのだ。

そのまま、カタカタと震える永井の襟首を掴むなり、日本語で凄んだ。

「灯里は恩人の娘だ。私は十四年前、彼女を守るとアッラーに誓った。灯里を傷つけようとする人間は、命を懸けて排除する！」

永井は声も出せず、ひたすら首を横に振る。

穏やかで優しいファルークのイメージは、一瞬で消え去った。彼は本気で永井の首を締めてしまいそうだ。

灯里は慌ててファルークを止めようとする。

「もう……やめて。お願い、ファルーク……わたし、傷ついてません。本当に、大丈夫ですから……お願い」

昼間と違い、彼はスーツ姿だった。

そのスーツが……いや、スーツだけでなく、髪から足元まで全身びしょ濡れになっている。

辺りを見回すとこの車のヘッドライトに照らされ、ひっくり返った傘が見えた。

これだけ騒いでも誰も駆けつけないところを見ると、彼は側近も伴わず、ひとりでここに来たのだろう。そして土砂降りの雨の中、灯里の帰りを待っていてくれた。

それを嬉しく思うのは罪だろうか？

（勘違いしちゃダメよね？　今も、恩人の娘って言われたじゃない。お父さんのことがあるから、心配して待っていてくれただけなんだから……でも、どうして？）

灯里はファルークのスーツの裾を摑み、ギュッと握る。

ファルークは永井から手を放した。車から出て、無言でドアを閉める。走り去る永井の車が見えなくなるまで、ふたりは雨の中に立ち尽くしていた。

☆　☆　☆

永井の車が見えなくなったあと、日をあらためると言うファルークの手を強引に引っ張り、部屋に入ってもらった。

灯里もびしょ濡れだったが、ファルークのほうがもっと酷い。とてもそんな格好で帰すことなどできず、急いでバスタブにお湯を張った。

ファルークから先に入って欲しいと頼んだが、

「濡れているのは君も同じだ。その状況で、私が君より先に入ることはできない」

そう言って断固として拒否された。

身分から考えたら、ファルークのほうが先でもよさそうなものだが、彼にとっては違うらしい。

（イスラムの教義に関わる、とかかな？　どっちにしても、ファルークって一度言い始め

たら変えない人だったっけ）

灯里はできるだけ早く入浴を済ませ、バスルームをファルークに譲った。

いつもなら、お風呂上がりはパジャマや部屋着で寛ぐのだが、今日ばかりはそういうわけにはいかない。大急ぎで髪を乾かし、できる限り普段着に近い格好をした。

（平常心、平常心よ。なんでもない、たいしたことじゃないんだから）

呪文のように心の中で唱えるのだが、どうにも落ちつかない。

なんと言っても、あのファルークが灯里の部屋にいる。

しかも、バスルームに。

そう思うだけで、ついついキッチンの横にあるバスルームのドアを見て、灯里はボーッとしてしまう。

（お湯……そろそろ温くなってるかも。お湯の足し方ってわかるかな？　ちゃんと言っとけばよかった。声、かけてみる？）

自問自答を繰り返すが……。

灯里はバスルームに二歩近づき、三歩後退して大きく息を吐く。ドアをノックする勇気は、どう頑張っても出てこない。

そもそも、自分が緊張し過ぎだということはよくわかっている。ファルークは日本人の灯里には想像もできない、厳しい戒律を守っている人だ。彼女の知る限り、いつもきちんとした服装をしていた。夏の暑い時期でも、ランニングに短パンといったラフなスタイルなど見たことがない。

だから、ひとり暮らしの女性宅に上がり込んだとしても、彼に対して灯里が身の危険を心配する必要などまったくない。

（そ、そうよ。永井さんとは違うんだから！）

そんなことを考えつつ、意味もないのに狭いキッチンを右往左往してしまう。

小さな物音がしたり、水の流れる音が聞こえたりするたび、ドキッとしてバスルームのドアを凝視してしまうのだ。

あらためて考えてみると、入浴中のファルークの気配を窺うなんて……これでは灯里のほうが危険人物ではないか。

（別に、変なことなんて考えてないからっ！　ファルークの裸とか、想像してないし……）

慌てて頭を振って、キッチンの横にある六畳間に飛び込んだ。


灯里の部屋は六畳の洋間と二畳のキッチン、小さいがバルコニーもついている。お風呂とトイレが一体型でちょっと使い勝手は悪いが、洗濯機置き場が室内にあったのでこの部屋を選んだ。

実を言えば、先にお風呂に入ってほしかった理由は雨に濡れたせいだけではなかった。

灯里はずぼらではないが、特別に綺麗好きと言うわけでもない。ひとり暮らしということもあり、乾燥機から出した洗濯物はベッドの上に放り出したままだったりする。

だが、この狭さではファルークをキッチンに立たせておくわけにもいかず、居間兼寝室の六畳間に通すしかなかった。

灯里はバスタブにお湯を張る間、慌てて一番見られたくない下着類をベッドカバーの下に押し込んだ。先にファルークがバスを使ってくれたら、その間に急いで部屋の中をチェックすることができたのに、とついつい考えてしまう。

灯里がバスルームから出てきたとき、彼は寝室に置かれたオフホワイトのローソファに座っていた。

そのときの彼は、濡れたスーツの上着は玄関で脱ぎ、ワイシャツ姿のままバスタオルを頭からかぶるという格好だった。ネクタイを緩めたファルークの姿はどことなくセクシーで、思い出すだけで灯里はわけもなくドキドキしてしまう。

（いやいや、思い出してる場合じゃないって。部屋の中をチェックしなきゃ）

パッと見て気になったのは、部屋のあちこちに置かれたクッキーの箱だ。同じ味だと飽きるので、ついつい何種類も買ってしまうのだが、ろくに料理も作らず甘いものばかり食べている、と思われたかもしれない。

灯里は急いで三つの箱を抱え、キッチンの棚に押し込もうとする。

（ちょっと待って……コーヒーを淹れたときに、一緒に出したほうがいいんじゃない？）

どうしようか、と悩む灯里の目に、玄関にかけられたままの上着が映った。

（クッキーの心配より、あれを乾かすほうが先じゃないの？）

スーツを着られる状態にしなくては、ファルークはここから出られない。そう思ったら、クッキーどころではなくなった。

灯里はタオルを持ってスーツに近づいた。

濡れていても量販店で売られている吊るしのスーツとは手触りが違う。どう見てもオーダーメードに思え、丁寧に水気を吸い取ろうとした。

だがこのやり方では、朝までかかっても乾きそうにない。

「どうしよう……このままじゃ帰れないよね？　うちに男の人が外に着ていけるものってあったかな？」

自分でも気づかないうちに呟いていたらしい。

「それは気にしなくていい」

ふいに後ろから声をかけられ、灯里はビクッとして手を止めた。

「君がバスルームを使っている間、側近に着替えを持って迎えにくるよう電話をしておいた」

「え……本当ですか？　でも……」

ひとりで外出したことは極秘なのではないか、と思っていた灯里は驚いて振り返る。

すると、彼女の真後ろに半裸のファルークが立っていた。

彼は腰にピンク色のバスタオルを巻き、髪を拭いているのは女の子向けのキャラクターが付いたスポーツタオル。あまりのギャップに、普通なら吹き出すところだろう。

だが今は、逞しい胸板に一瞬で目を奪われ、灯里は耳まで熱くなる。

「ファ、ファル……ク、そ、その……その格好は⁉」

「君が言ったのではなかったか？　濡れたものは乾燥機に入れたらいい、と。だが、私には使い方がわからない」

ファルークはごく自然な仕草で乾燥機を指さした。

「そ、そう、でしたね」

灯里は中を確認しようと思ったが、さすがにファルークの下着を手に取るのは……失礼云々より、彼女自身が恥ずかしい。

そのまま乾燥までフルコースのボタンを押したのだった。


部屋中に癖のあるアラビアコーヒーの香りが広がる。

灯里が飲むようになったのは、小学生のころにファルークから飲み方を教わったからだった。父はたまに飲むが、母や妹は「普通のコーヒーのほうがいい」と言って付き合ってはくれない。

「あの、ナツメヤシはないので、代わりにクッキーなんですけど」

小さめのコーヒーカップをファルークの前に置く。彼は先ほどと同じ、オフホワイトのローソファの真ん中に座っていた。

（なんだか王様みたい……あ、同じようなものだっけ？）

灯里がふわふわした気分のままでいると、ファルークはクッと笑った。

「なるほど、君のお気に入りのクッキーと言うわけだ」

とっさに、キッチンに持って行ったクッキーの箱を思い出す。

「た、食べかけですみませんっ！　でも、小袋に入ってるから……とくに問題は」

「いや、そういう意味で言ったわけではない」

ファルークは手を伸ばし、コーヒーカップの縁を手で持ち、口元に近づける。

アラビアコーヒーのカップは日本で言うなら湯呑にそっくりだ。そのせいか、ファルークは取っ手を持とうとしない。彼はゆったりした動作で香りを楽しみ、次に、粉の沈んだ上澄みを啜った。

「ああ、我が国のコーヒーだ」

「父がトルワッドから取り寄せているのを、わたしも分けてもらってるので」

「今度はデーツも一緒に送らせよう」

デーツとはナツメヤシのことだった。干し柿のように甘くて、スパイシーなアラビアコーヒーによく合う。

だがそれよりも、灯里はファルークの言葉に違和感を覚えた。

「このコーヒーって、ファルークが送ってくれてたんですか？」

「日本人は顔を顰《しか》めることが多いのに、君はひと口で気に入ってくれただろう？　だから、ずっとこの味を忘れずにいてほしかった」

彼は穏やかに言うとクッキーにも手を伸ばす。

ファルークの髪に電灯の光が降り注ぎ、いつか見た砂漠の砂のようにキラキラと輝いた。ジッと彼の顔をみつめていると、エアコンの音も聞こえなくなる。

しだいに懐かしい思いが浮かび上がり、灯里は胸の奥がこそばゆい感じがした。

今ファルークが着ているのは、父のために用意していたスウェットスーツだ。一七〇センチそこそこの父の背丈に合わせたサイズなので、一八〇センチもあるファルークが着ると袖の長さも股下も足りず、お世辞にもカッコいいとは言いがたい。

それでも、小さめのスウェットスーツを着て、クッキーを口に運ぶ彼の姿にときめきを覚えてしまう。不格好なはずなのに、「可愛い」なんて言葉を口にしてしまいそうだ。

灯里がなんとも言えない気持ちを持て余していたとき、ふいに名前を呼ばれた。

「――灯里」

「あ、はい、なんで……んんっ」

視線を向けた瞬間、目の前に彼の顔があった。どうして、身を乗り出してきているのだろう、と思ったとき、彼女の口元にクッキーが押し当てられた。

「君も好きなのだろう？　さあ、遠慮せずに食べなさい」

ファルークが手にしたままのクッキーを、灯里は口に咥える。サクッと音がして、ほろほろと口の中でほどけるようだ。

立てながら、食べてしまう。

「はい、とっても甘いです……チョコレート味だから、かもしれませんけど」

するとファルークは灯里の齧ったクッキーを自分の口に放り込んだ。サクサクと音を立てながら、食べてしまう。

その姿を灯里は呆然とみつめていた。

「なるほど、色が違うと思ったら、味も違うわけだ。……どうした？」

「い、いえ……最初に食べたヤツは、バタークッキーです」

食べかけでも全然気にしないというのは、いったいどういう意味だろう。

(そ、そんな、国民性の違いってあった？　それとも、宗教的に平気とか……ダメ、全然わかんない！)

ファルークとは十四年前に砂漠で会ったあと、数ヶ月後に日本で再会した。それ以来、親交を深めてきたが、これほどまで親しげな態度を取ったことがあっただろうか。

灯里は懸命に考えるが、まったく思い出せない。

そのとき、突如、ファルークが深刻そうな声を出した。

「灯里、君にひとつ聞いておきたいことがある」

彼女はびっくりして居住まいを正し、最敬礼しそうな勢いで返事をした。

「は、はい！　なんでしょうか？」

「さっきの男だが、昼間スケートリンクで見かけた男だった。君はあの男との結婚を考え

ているのか？」

少しずつソファから下り、にじり寄るように近づいてくる。ファルークは極めて真剣な顔だ。

「考えてません！　雨が降ってて、夜遅くなって、だから送っていくって言われて……それでつい車に乗ってしまって。まさか、永井さんがあんなつもりだったなんて」

灯里が一生懸命に説明すると、ファルークは「あんな」に引っかかった顔をした。

「〝あんな〟とは？　あの男はどんなつもりだったと言うのだ？」

「ですから……す……好きって、言われて……キス、されそうになるなんて……思ってもみなくて」

恥ずかしくて、しどろもどろになりながら答える。

だがそのとき、

「馬鹿者!!　そんなことは当たり前ではないか！」

ファルークの叱声《しっせい》が室内に轟いた。

「男がなんの下心もなく、女性を誘ったりはしない。しかも夜半、密室に等しい車内にふたりきりになるということは、あらゆる行為を許すという意味だ。そんなことも考えずに、君はあの男の車に乗ったのか？　少しは危機感というものを持ちなさい！」

昔はどこかイントネーションがおかしかった日本語も、今は目を閉じて聞けば日本人と遜色ない。

「それは……そう、ですね。すみません」

想像を超えた剣幕で叱《しか》られ、灯里はとりあえず謝ってしまう。

ファルークは男性にしては長めの髪をかき上げながら、大きなため息をついた。

「まったく、なんということだ。あの男の車に喜んで乗り込むから、私はてっきり特別な関係にあるのだと思っていた。だが、私の目に君は嫌がっているように見えて……つい、窓を叩いてしまったが」

灯里は彼の言葉に疑問を感じる。

「喜んでって……あの、乗るところも見ていたってこと、ですか？」

そうでなければおかしいが、ならばファルークはアリーナの駐車場にいたことになる。

そこから灯里たちより先に彼女のコーポにどうやったら着けるのだろう。

その問いに、ファルークは意外性に満ちた答えを返してくれた。

「君と話がしたくて仕事が終わるのを待っていた。だが、君はあの男の車に乗り……走り去った」

ファルークは当惑しつつも、結果を見届けるべく彼女のコーポに向かったという。

すると、彼の車が到着したあと、二十分も遅れて灯里の乗った車がコーポに戻ってきた。

先にアリーナの駐車場を出たはずの車が、どうしてファルークより遅れて到着したのか。

「どこかに寄り、君たちはふたりきりの時間を過ごして戻ってきた。もし、そうなら……」

彼はそこで言葉を止める。

灯里はハッとして時計を確認した。

思えばファルークをこの部屋に連れてきたとき、すでに零時近かった。ということは、永井の車がコーポの前に着いたのは二十三時半を回っていたということになる。アリーナからこのコーポに帰ってきただけなら、そんなに時間はかからないはずだ。

（ひょっとして……ウトウトしてるうちに、遠回りされた？）

たった今、ファルークに言われるまで気づかず、灯里は呆然とする。

「君はそんなことにも気づいていなかったのか？」

「……はい」

灯里は肩を竦めて座り直す。

「えっと……本当に、ご心配をおかけしまして……申し訳ありませんでした」

上目遣いにみつめるが、ファルークは目を閉じたまま微動だにしない。

日本女性の迂闊《うかつ》さに呆れ果てているのか、あるいは灯里のことを本気で怒っているのか、横で見ていてもさっぱりわからない。

だが、せっかくのふたりきりの時間。きっとこの先、二度とこんな時間を過ごすことはないだろう。そう思うと、不機嫌そうなファルークなど見ていたくなかった。

ほんの少し前のように、クッキーを食べて微笑んでくれないだろうか？

そう思った灯里は、わざとらしく明るい声を出し、気になったことを質問してみた。

「えっと、また会えるとは思ってませんでした。会いにきてくださって嬉しいです！　でも、わたしに話というのは……アリーナでの説明が足りなかったですか？」

「……」

灯里のおかしなテンションに微妙な空気が流れる。

ファルークも口を閉ざしたまま何も答えてくれないが、言い出した以上、ここで灯里まで黙り込んだらおしまいだ。

「あの、見学先にうちを選んでいただいて、本当にありがとうございました。わたしがアリーナに勤めていることも、覚えていてくださったんですね。トルワッド初のアイスリンクなんて、子供たちは大喜びですよね？　わたしにできることはなんでも協力しますから、遠慮なくおっしゃってください！」

「……なんでも？」

ポツリと言われ、少しドキドキしながら灯里はうなずく。

「は、はい」

「いいだろう、考えておこう」

（なんでもは言い過ぎだった？　できる範囲で、とかのほうがよかったかも……）

頭の中に後悔の二文字が浮かぶが、これをあとの祭りと言うのだろう。

その直後、今度はファルークのほうから口を開いた。

「話とはその件ではない。……十四年前のことだ。君も覚えていると思うが」

「も、もちろんです！　わたしは九歳でしたけど、あのとき、初めてファルークに会ったんですよね？」

彼はうなずきながら話を続ける。

「あのときのことは、これまで話題には出さずにいた。私自身が切望したことであり、君や佐伯教授にはいかなる迷惑もかけないつもりでいたからだ。だが、このたび私は首長に選ばれてしまった。そうなると、いろいろ事情が変わってきたのだ」

「はあ……」

十四年前の砂漠の儀式と、ファルークが首長になったことにどんな関係があるというのだろう？

わかるような、わからないような気持ちで、灯里は相槌《あいづち》を打つ。

「この件に関して、まだ佐伯教授には話を通していない。なぜなら、君はもう未成年ではなく、二十三歳という大人の女性だ。もちろん私も、なんの力も持たない十六歳の少年ではない」

話の帰結点が見えず、灯里には首を傾げることしかできない。

そんな彼女の様子に気づかないのか、ファルークはさらに語り続けた。

「十四年前のこと、君はどんなふうに考えているのだろうか？　私は君の希望を叶えたいと思っている。忌憚《きたん》なく聞かせてほしい」

そう言われても、どう答えたら遠慮になるのか思いつかなかった。

灯里はわかっている範囲でおずおずと答える。

「十四年前に……砂漠で儀式をしたんですよね？　あれで誰かが助かるって言われたんですけど、ファルークの妹さんのことでしょう？　妹さんの手術は無事に終わって、元気になられたって聞いてますけど……他に何かあるんですか？」

「灯里……まさか、君は……」

呻くように言ったまま、ファルークは押し黙ってしまう。

また怒らせるわけにはいかないと思い、灯里は慌てて付け足した。

「希望って言われても、とくには……。だって、あなたはわたしの……あ、憧れの、王子様なんです！　少しでもお役に立てたなら、これ以上の願いなんてありません！」

灯里ははにかみながら、精いっぱいの気持ちを伝えた。それは愛の告白のようでもあり、気分が高揚して舞い上がってしまいそうだ。

「そうか……そうだったのか」

「ファルーク？」

「いや、いい。それならば、私にできることはなさそうだ」

ほんの一瞬、ファルークは怪訝そうな表情をしたが、すぐさまいつもの静かな笑みにすり替わった。

灯里はそのことに気づきながらも、気のせいだと思い直してしまったのである。

第二章　十四年前の真実

『殿下、昨夜のような真似はいかがなものでしょう』

ファルークが目を覚ましたのは朝の七時。三時間ほど眠っただろうか。

彼がリビングルームに足を踏み入れたとき、ちょうどよいタイミングでアラビアコーヒーを運んできてくれたのが、側近のサアダーンだった。

六十代後半のサアダーンは、ファルークの父タルジュの片腕と言われていた。タルジュの死後、首都に住むアル＝サティーヤ族が散り散りになる中、懸命にファルーク、ミーラード兄妹を助けてくれた人物だ。父親代わりとも言えるので、ファルークにすれば幾つになっても頭が上がらない。

『東京近郊は慣れておられるのかもしれませんが、若い者に命じてレンタカーを調達させるなど……。とてもトルワッド国首長殿下のなさることではありません。しかも……〝あの方〟の部屋で数時間も過ごされたとか。お迎えに上がったとき、スーツを脱いでおられたと聞きました』

　若いころは融通の利く男だったが、歳を取るごとに口うるさくなっていくようだ。ひと言返すと数倍になって戻ってくるので、ファルークはカップを手に窓際に立つ。

　そこは都心のラグジュアリーホテルだった。ここ数年、ファルークが日本に滞在する際の常宿にしている。彼の宿泊する五十三階は全室がスイートルーム。警備のため、毎回フロアを丸ごと貸し切るのだが、無駄遣いのようで気になっていた。

　ただ、今回に限っては〝スケートリンク設置準備委員会〟のメンバーが同行しているので、無駄にならずホッとしている。

（委員会のメンバーを三十代以下の若手に絞ったのは正解だったな。口うるさい年寄りがこれ以上増えては、自由に動けん）

　カルダモンのスパイシーな香りを味わいながら、朝の東京都心の光景を眼下に望む。

　爽やかな気分になりそうなものだが、昨夜のことを思い出すだけでファルークの口から零れるのは嘆息ばかりだ。

『聞いておられるのですか、殿下!?』

　サアダーンは口元に立派な髭《ひげ》をたくわえているが、頭部は照り輝いていた。

　ファルークの記憶にある彼はずっとそうなので、四十代のころにはすでに薄くなっていたのだろう。子供心に、グトラを留めるイガールがツルンと滑るのではないか、と心配していたのを覚えている。

そのころは見上げるばかりだったサアダーンが、今はファルークの肩くらいだ。

『――聞いている。そう興奮するな。血圧が上がるぞ』

『いい歳をして、お立場も考えずにホテルを抜け出す殿下のせいですぞ！　そもそも、この来日もすべて〝あの方〟に会うためでございましょう。いやいや、スケートリンクを造るというのはよいことです。ですが、何も殿下が……』

『会わなければならなかった。なんと言っても灯里は――私の妻なのだから』

ファルークの言葉に、サアダーンはすぐさま口を閉じる。

十四年前、灯里がファルークの妹、ミーラードの無事を祈るために行われた――と思っている〝砂漠の儀式〟。

あれは紛れもない、ファルークと灯里の結婚の儀式だった。


ファルークの両親はクーデターの犠牲になり命を落とした。

当時十五歳だった彼は、ミーラードを連れて首都ナーマを抜け出す。有事の際は妹を守るよう、両親から言いつけられていたせいだ。わずかな側近を伴い、三ヶ月もかけてようやく部族と合流を果たす。その後、兄妹はクーデターを起こした反乱軍から身を隠すため、砂漠に逃げ込んだ。

だが、その逃避行に、もともと心臓に欠陥のあったミーラードは耐えられなかった。医師からすぐにも先進国での手術が必要と診断されてしまう。

しかし、当時のトルワッド政府はクーデター側が動かしていた。アル＝サティーヤ族を筆頭とする有力部族の血縁者たちは国外に出ることを禁じられ、パスポートはおろか身分証すら発行してもらえない状況だ。

そんな中、前首長の息子であり、クーデター側が最も身柄を拘束したいファルークに渡航許可が出るはずがない。ミーラードひとりなら、と言いたいところだが、下手をすればクーデター側に人質として捕まってしまう危険があった。

トルワッドに国籍を置いたままでは、ふたりは身動きが取れない。近隣国に亡命しようにも、戦争を覚悟してまでふたりを受け入れてくれる国はなかった。

そのとき、ファルークが先進国の女性と結婚して、その国の援助で国外に脱出すればいいのではないか、と提案された。

結婚により、ファルークは一旦トルワッドの国籍を捨てる。国民でなくなれば、クーデター側も手が出せなくなり、ミーラードを国外に連れ出すことも容易だ。

結婚相手の国の国籍を取得できるかどうかは、当該国の判断に委ねることになるが……復権後の原油の優先購入権をちらつかせれば、ふたりの脱出に手を貸してくれる可能性は高いはずだ、と。

ただし、一国の王子に等しい身分で、父が亡くなると同時にファルークはシークの称号まで得た——とはいえ、実際には孤児同然だ。政府に追われ、いつ指名手配されるかわからない立場まで落ちてしまっている。

そんな彼が頼れるのは、父タルジュが心の友と呼んでいた佐伯幸一郎以外にいなかった。幸一郎は連絡を受け、すぐにアルド王国まで来てくれた。それもわずか九歳の娘、灯里をファルークの妻にするために……。

儀式の行われた砂漠はアラビア半島の南にあるアブル砂漠だった。

数ヶ国に跨る広大な砂漠で、トルワッド国は砂漠の東側に位置している。そして儀式は同じ砂漠の南西に位置するアルド王国内で行われた。

アルド王国はクーデター前の友好国だったが、ファルークの入国は正式な許可を得たものではない。

それにもかかわらず、儀式の立ち合いをしてくれたのはクライシュ族の族長、アイヤーシュだった。

美しい満月の夜、祭壇の前でアイヤーシュが神に祈りを捧げる。花嫁と花婿は互いの掌を重ねてしっかりと握り、その上から赤く細長い布でグルグルと巻かれる――それはクライシュ族の結婚の儀式だ。

ムスリムに許される女性の結婚年齢は九歳、男性に下限はない。しかし、あくまでもムスリムの戒律においてのこと。

彼らの国では有効とみなされる結婚でも、日本の法律ではそうはいかない。

灯里とファルークの結婚は無効――日本は当然、そう判断を下した。しかし人道的支援に基づき、ファルークとミーラードのために飛行機が用意され、ふたりの日本への入国が許可されたのだった。

その結果、ミーラードは心臓の手術を受けることができたのである。


『では、灯里様はトルワッド国に来てくださるのですね？』

サアダーンは確信に満ちた声を出す。

首長夫人となる栄誉を断る女性はいないだろう、という気持ちが透けて見える。

ファルークにもわからないではなかったが、彼は静かに首を左右に振った。

『なぜです!! 一介の学者の娘が、シーク・ファルークの妻となれるのですぞ。断るなど許されぬことだ！』

『落ちつけ、サアダーン。順序が逆だ。佐伯教授と灯里の無償の献身により、私たちは国を出ることができた。ミーラードが助かったのも、日本の協力が得られたのも、すべて彼らのおかげだ』

そう言って諭すが、サアダーンは不満そうだ。

『日本には原油の優先購入権を与え、佐伯教授の一家は国賓《こくひん》待遇での入国を認められている。充分な恩は返しているではありませぬか。年齢の問題が解消された今、灯里様との結婚を有効と認め、殿下のもとへ寄越してしかるべきだ!!』

どうやらサアダーンは国家が結婚を認めず、幸一郎が娘を手放そうとしないかのように誤解しているらしい。

たしかに、アラビア半島にあるほとんどの国では、女性の結婚は父親によって決められる。父親の許可がなくては、女性は結婚だけでなく進学や就職もできない。また、そのことを疑問にも思ってこなかった。

だが時代は変わり、国際社会において問題視され始めたのも事実だ。

今はもう、ムスリムの戒律がすべてだと思い込めるような閉ざされた社会体制ではない。どの国でも、女性が声を上げることを求められている。

ファルークは自分が首長に決まったとき、トルワッド国の結婚に関する法律を一夫一婦制に変更した。

トルワッド国では長い間、戒律により四人の妻を持つことが認められていた。実際に複数の妻を持つ男はほとんどいないが、それがミシャー婚——一夜だけ婚姻を結ぶという形で、売春の逃げ道に利用されていたのだ。

他にも様々な職種に女性の採用を認め、教育大臣に女性を指名したのもファルークだった。

『日本における結婚とは……男女問わず、本人の意思により決められる。成人女性である灯里の結婚は、彼女自身が決めるのだ』

『では、灯里様が殿下とのご結婚に異議を唱えておいでなのですか？　なんと畏れ多い。

神に誓った婚姻を無視するとは……』

呆れ果てた様子でサアダーンは首を振り、頭を抱えている。

どう言えばこの男を納得させられるのか、ファルークのほうが頭を抱えたいくらいだ。

『そうではないんだ、サアダーン』

灯里は何も知らなかった。

どうりで、顔を合わせるたび、彼女は少しずつファルークとの距離を広げようとするはずだ。

今回の来日直前、ファルークは幸一郎に連絡を取った。灯里の近況を聞き、彼女が独身でいることを確認する必要が生じたからである。

ファルークが首長に決まったとき、議会は満場一致で彼を選んだ。しかし、政敵がいないわけではない。それには彼が口にする独身主義が原因になっていた。

『ファルークの独身主義は、彼が肉体的または精神的に一人前の男ではないからだ』

就任以降、一部のマスコミが国内外に向けてそんな情報を発信し続けている。

ようするに、ファルークは不能者か同性愛者だ、と言いたいらしい。そうでなければ、三十歳になりながら結婚もせず、ここ何年も恋人の存在すら表沙汰にならないのは異常である、と。

その噂を一掃するためにも、ファルークは結婚するべきだ。

そう主張しながら、閣僚を務める有力部族の族長たちは、それぞれの部族の娘を花嫁候補に推し始めた。

首長に就任した以上、独身主義は返上するのが義務である。対外的な公務を果たすためにも、首長夫人の存在は欠かせない。

そう言われたら、無下に突っぱねることもできない。

これまでトルワッド国の首長が独身だったためしはなく、離婚した前例もない。彼らが新しい妻を迎える必要ができたときは、第二夫人、第三夫人とするのが常だった。

しかし、その制度はすでに彼自身の手によって廃止されている。

独身主義以外の理由を明らかにするか、妻を公表しなければ、娘を差し出すと宣言した族長たちの面目が立たないことも充分に承知していた。

だが、ファルークは与えられた慈悲に報いるためにも、灯里を生涯の妻と思い、決して傷つけないことを神に誓った。体面上の妻を得ることも、我が子を持つことも望まない。その対価として、妹ミーラードの命を救ってほしい、と。

苦悩するファルークを見かねたのか、サアダーンは『一夫一婦制を取りやめにされては？』と提案してきた。

その上で、灯里との結婚は公表せず、新しい妻を娶る。首長夫人と呼ばれる女性が、実は第二夫人であると宣言する必要はどこにもない。

サアダーンの言葉は名案に思える。だが、それではファルーク自らが、神への誓いを破ることになる。

それくらいなら、実は日本人の妻がいる、と公表したほうがいいと思った。

事情を話せば、灯里ならファルークを受け入れてくれるかもしれない。十四年前は無効と言われた結婚だが、今の灯里が望めばふたりの結婚は成立する。

『――何も知らない灯里は、私を憧れの王子様と言った。私の役に立てたならこれ以上の願いはない、と』

『殿下、でしたらもう一度、灯里様と会われては？　ただ求婚すればいいのです。十四年前のことを告げる必要はございません。憧れの王子様から求婚されて、喜ばぬ娘はおらぬでしょう。もっと役に立とうと……』

『駄目だ！』

突如、声を荒らげたファルークにサアダーンは心底驚いたようだ。

『殿下……』

『十四年前はミーラードの命がかかっていた。無邪気な彼女を利用したことは申し訳なく思うが、後悔はない。だが……今は違う』

三年前まで、年に一度は灯里に会いに行っていた。そのたびに気づいていたのだ。彼女が自分に向けるまなざしには、憧れや尊敬が含まれている、ということに。

そんな彼女の恋心をくすぐり、思いどおりに動かすのはファルークにとって造作もないこと。だが、決してやってはいけないことだった。

『それに、佐伯教授から「これだけは」と言われたことがある――』

灯里は近い将来、ごく普通に恋をして、十数年後には結婚を考え始めるだろう。そのとき、灯里から人を愛する自由を奪うことだけはしたくない。もし、その可能性があるなら、どれほど恩知らずと言われても灯里を連れて日本に戻る――幸一郎はきっぱりと言った。

彼は研究のためアブル砂漠を訪れ、盗賊団に襲われ殺されかけた。そこを、アル＝サティーヤ族を率いたタルジュに助けられたと言う。今から約三十年前、幸一郎がまだ大学院生のときのことだ。

そのことを恩義に感じ、十四年前、幸一郎は駆けつけてくれたのだった。

『私は灯里から何も奪わないことを約束した。彼女がムスリム以外の男と恋をして、結婚することは自由だ。アブル砂漠で交わした結婚の誓いは、私ひとりが死ぬまで守り続ける』

『しかし、それでは……』

『灯里は嬉しそうにスケートリンクを案内して、夢を語ってくれた。自らの仕事を誇りに思っている彼女から、その夢を奪うことはできない。犠牲を払うのは私であるべきだ』

ファルークの言葉にサアダーンは口を引き結んだ。

『灯里には二度と会わない。――非公式の来日だが、キャンセルできない公務もあるだろう。なるべく、日程を詰めるよう調整してくれ。可能な限り早く帰国したい。以上だ』

『――承知いたしました』

空になったコーヒーカップをトレイに載せ、サアダーンは一礼してリビングを出て行った。

（サアダーンを叱りつける資格などない。ホテルを抜け出し、灯里に会おうとした私の本心は……）

三年前、着飾った灯里に感じた男の欲情。

日本では二十歳になれば親の許しを得ずとも結婚できる。それは、灯里が大人の女性になったということ。妻と呼んでも誰にも文句を言われない大人の女性に。

その事実にファルークは舞い上がってしまい、灯里を前にして平静を保つことができなくなった。

彼はそのとき、灯里をいつの間にか妻として見ていた自分に気づいたのだ。

ファルークにできることは、日本を訪れることをやめ、灯里との連絡を絶つことだけだった。

にもかかわらず、結婚が急務となり、ファルークは心のどこかで期待していた。

彼が首長になったことは、もちろん灯里も聞いただろう。十四年前のことを確認すれば、彼女のほうから言ってくれるはずだ。

「ファルークの妻としてトルワッドに行ってもいい」――そんな言葉を。

だが灯里は、三年前となんら変わりない態度でファルークに接した。

それもそのはず、灯里にとってファルークは〝夫〟でもなければ〝無効になった結婚相手〟でもなかった。忘れたころに訪れる〝憧れの王子様〟。

彼を落ち込ませたのはそれだけではない。

灯里はごく自然にファルークを部屋に招き入れた。鍵もかからない場所で裸になり、勧められるまま入浴も済ませた。

ファルークにとっては、夫婦なのだからとくに問題はない行為だった。しかし、そうだと知らない灯里にとっては違ったはずだ。

(彼女にとって男を部屋に招くことなど、たいしたことではないのだ。普通の日本人女性として、恋人と楽しんでいるのだろう。あの男とも……)

助けに入ったつもりだったが、実は邪魔をしてしまったに違いない。

そんな彼女に、「少しは危機感というものを持ちなさい!」など、見当違いな説教をしてしまったものだ。

ファルークは頭を振り、ナイトガウンを脱いでシャワーに向かう。苛立ちと妙なざわめきが心を支配して、このままでは、ふたたび灯里のもとへ出向いてしまいそうだ。

(灯里は悪くない。彼女がどんな相手と恋をしても、それは不貞行為にはならない。私に怒る権利はないのだ)

胸の内で何度も、彼女は悪くない、と繰り返した。

もう二度と会わない。少しでも早くトルワッドに戻ろう。そして二度と、日本に来なければ……。

「……灯里……」

ファルークは彼女の名前を呟くなり、冷たいシャワーを頭から浴びた。

☆　☆　☆

「お休みの日にどうもすみませんでした」

灯里はアリーナ直属のメンテナンス要員である栗原《くりはら》に頭を下げた。

毎週木曜日はアリーナの定休日だ。だが、休みの日でも氷を維持する冷凍機は常に動いている。自動管理なので館内温度や氷上温度だけでなく外気温度まで自動でチェックし、四台ある冷凍機の何台を動かすかコンピューターで判断してくれるのだ。

だが、そのコンピューターも完璧というわけではない。定休日も必ず誰か出社して、問題なく冷凍機が動いているか確認する決まりになっていた。

今週の担当はチーフの岩倉。ところが、今朝になって灯里の携帯に電話がかかり……行けなくなったので代わりにチェックに行ってくれ、と言い始めたのだった。

しかも、

「休みったって、どうせなんの予定もないんだろうが。それとも、やっぱりあのシーク様が泊まってるホテルにでも呼ばれてんのか？」

笑いながら付け足され、灯里は「わかりました、わたしが行きます！」と怒鳴ってすぐに切った。

(あーもう、頭にくる！　今日は千葉の実家に帰るつもりだったのに)

これまで、両親に対して十四年前のことを真剣に尋ねたことはなかった。

ちょっと変わった経験だとは思う。学生時代、同級生に話したときは決まって「何かのアトラクション？」「ツアーのイベントじゃない？」と軽い答えが返ってきた。

(まあ、「神に祈る」って部分を話さなかったせいかもしれないけど……)

変な宗教に関わっているのではないか、と思われるのが怖くて言えなかった。

だが灯里の両親は、お寺で祖父母の法事をして、厄除《やくよ》けには神社で祈禱《きとう》してもらうような、ごく普通の日本人だ。

灯里もしだいに、たいしたことではない、と思うようになっていた。

だが、三日前にやって来たファルークのことがどうしても気になる。

今さらながら、彼の妹なら一国の王女に匹敵する身分だろう。そんな高貴な人間の無事を願うのに、異国の少女を引っ張り出すものだろうか？

そもそも灯里は異教徒なのだ。ムスリムでもない彼女が祈りの儀式に立ち会うこと自体、おかしなことに思える。

(考えてみれば、ファルークが首長に就いたって報道があったとき、お父さん少し変だった気がする。他に用もないのに、わたしの部屋に来たりして……)

幸一郎は青い顔をして「まさか……ファルークが首長に決まるとは」と呟いていた。そして、ファルークが近いうちに日本に来ることを言い当てたのも父だ。

(お父さんもそうだけど……三年ぶりに会ったファルークもすっごく変よ)

高校生のとき、灯里は電車でアリーナのアルバイトに通っていた。しかし、高校卒業と同時に正社員となり、灯里は自転車で通える今のコーポでひとり暮らしを始めたのだ。

だが三年前まで、ファルークが灯里の部屋を訪ねたことなど一度もない。

灯里とは一定の距離を保ち、まるでプリンセスの相手でもするような礼儀正しい態度を取り続けてくれた。

そのファルークが、いきなり人前で灯里の頬に触れるとは。

珍事……いや、ご乱心と言ってもいいだろう。

しかも夜には彼女のコーポまでやって来た。灯里に何かの話があって、わざわざ会いにきてくれたという。本当は仕事が終わりしだい、アリーナから出てくるところを呼び止めるつもりだったらしい。

当の灯里はそんなこととはつゆ知らず、同僚の車に乗り込んでしまったわけだが。

(怒って帰ってしまいそうだけど、でもコーポに先回りって……やっぱり、わけがわからない)

部屋の中でも妙に親密だった。

灯里の食べかけのクッキーを自分の口に放り込んだときは、「わたし、口説かれてる?」と思ったくらいだ。

自慢ではないが、灯里は男女のことに疎い。そうでなければ、永井の言葉を額面どおりに受け取って、迂闊にも眠り込んだりしないだろう。

本当に口説かれていたのか、それとも灯里の勘違いか、十四年前のことがはっきりすればファルークの謎の行動を解明できるのではないか。そのためにも、さっさと行って手順どおりの確認を済ませ、夕方までには実家に戻ろう。

灯里はそんなことを考えつつ、規定どおりの時間——正午過ぎにアリーナを訪れた。すると思いがけないことに、冷凍機のひとつが緊急停止し、警告音が鳴っているのを発見したのである。

「いやいや、見つけてくれて助かったよ。止まったままで一昼夜となったら、氷がパァになってたからな。再起動だけで済んで、よかったよかった」

栗原は親会社であるアルド石油系列の会社で定年まで勤め上げた。六十五歳の彼は機械修理の専門家で、危険物の取り扱いに関する各種資格を持っており、このアリーナで最も頼りになる人物だった。

歳は取っていても、決して灯里を〝若い娘だから〟という理由で蔑ろにしたりはしない。偏見の塊に見える岩倉より、よほど頼りになる。灯里は栗原のことを尊敬していた。

「いえ、こちらこそ助かりました。栗原さんが来てくださらなかったら、途方に暮れてましたよ。本当にありがとうございました」

念入りにお礼を言って、しっかりと頭を下げる。

「どうせ、岩倉くんの代わりに引っ張り出されたんだろ。あの人もなぁ、悪い人じゃないんだが……。これまで女の子には全然務まらなかったそうだから、妙に警戒しちまってんだろうなぁ」

栗原は白くなった頭を撫でながら言う。

そのことは灯里にもわかっていた。

国内でアイスリンクの管理施工会社と言えば、数えるのに片手も必要ない。どの会社も身内のような関係で、仕事の取り合いにならないよう配慮し合って経営している。そしてどこの会社も、社員の採用はほぼ縁故、関係者の紹介に限られており、外部からは想像もできないくらい狭い業界だった。

灯里自身、アルバイト時代を含むアリーナでの働きぶりを評価してもらい、アリーナ側の推薦がなければ、〝アミューズメント企画〟には採用されなかっただろう。

なんと言ってもここ数年、日本国内でのフィギュアスケート人気は上昇の一途を辿っている。

同時に、そのスケートリンクで働きたいという若い女性も増えていた。

「そうですね……力仕事は多いし、手は荒れちゃうし、綺麗な仕事じゃないですもんね」

灯里も手伝ったことがあるが、アウトリンクの土台を組むときなど土木作業員と大差ない。

氷上管理にしても、水を撒いて水押しをするときは男性に負けない体力がいる。広いスケートリンク内を、スケート靴を履かずに走り回ることもあり、それはなかなか大変な仕事だった。

「いい加減、灯里ちゃんは違うって岩倉さんも認めるべきだと思うんだが……でもなぁ」

「何か、問題でも?」

首を傾げた栗原に、灯里は恐る恐る尋ねる。

「いやぁ……アラブの王様のハーレムに入るんじゃないかって話を聞いたんでね。本当かい?」

「ち、違いますよっ!!」

灯里はすぐさま否定しつつ、必死でファルークとの関係を栗原に説明した。


栗原を見送ったあと、灯里は屋上まで上がった。

リンクの天井は三階の高さまで吹き抜けだ。そこに設置された開閉式の屋根を一望できる屋上は、五階の高さになる。

少し傾いた陽射しは暖かく、吹きつける風はとても心地よい。だが明日もこの天気なら、とても屋根を開けたままでは営業できないだろう。

「こんな中で滑ったら気持ちいいんだけどね。でも、氷が持たないからなぁ」

春の風を感じつつ、灯里は深呼吸しながらひとりごちた。

「ほう、この程度で溶けるのか」

思いがけない返事に灯里はビクッとして振り返る。

声の主は彼女の予想どおり、ファルークだった。

「ファ、ファ、ファ……」

「何をそんなに驚いているのだ？」

ブラックスーツに薄いグレーのシャツ、ワインレッドのネクタイが妙に艶めかしい。天気のいい日にスケートリンクの屋上で見かけるスタイルではないだろう。

「ど、ど、ど……どうして……そ、そ、そんな」

ファルークは面白そうに肩を揺らして笑い始める。

「レとミが抜けているな」

「音階じゃありません！　ファルーク、ここで何をしてるんですか？」

ようやく声が出せて灯里はホッとするが、それどころではない。

「それに、わたしがここにいるって、どうして……？」

「作業着の男性が教えてくれた。佐伯灯里に会いたいと言ったら、今ごろは屋上にいるだろう、と」

たった今見送った栗原だとわかった。

灯里は精いっぱい釈明したつもりだったが、ファルークが訪ねてきたことで、栗原は噂のほうを信じてしまったかもしれない。

（明日また言い訳しなきゃ。でも……）

灯里はそっとファルークを見上げた。

三日前の深夜、彼は部下を呼ぶと、慌ただしく帰ってしまった。十四年前のことを話し始める直前まで、ふたりの間にはなんとも言えない親密な空気が漂っていたのに。そう思うと、どうにも寂しくて……灯里は明け方まで眠れなかった。

こうして、また会えたことが堪らなく嬉しい。

だからどうなる、と言うものではない。憧れや敬愛以上の気持ちを持つべきではないことも知っている。

ただ、ファルークと過ごした時間はなんとも言えず心休まるものだった。

そのことだけが、繰り返し灯里の胸に浮かび上がってくる。

「こ、この間は、ここまでご案内できませんでしたね。ここから屋根全体が見渡せるんです。もちろん開閉を含むほとんどの作業はコンピューターで管理しますが、直接修理が必要なときなどは、ここから屋根に下りられるようになってるんですよ」

「君が下りることもあるのか？」

ファルークは眉を顰めて尋ねた。

「とんでもない！　メンテナンスは屋根を設置した業者でないとできません。ただ、ここから屋根に下りられるというだけで……。わたしたちの仕事は氷のほうだけですから」

「なるほど、業者は常駐していないので、チェックは君たちの仕事と言うわけだ」

「はい。でも、ここは好きです。真正面には観覧車が見えるし、ほら、あっちには海まで見えるでしょう？」

灯里は西を向いて観覧車を指さし、次に南を向いた。

「観覧車か……私は乗ったことがないので、よくわからないが」

「あ、じゃあ乗りませんか？　今日は天気もいいし、今ならまだ富士山が見えるかも」

ファルークと一緒に観覧車に乗れるなんて、一生の思い出になるかもしれない。そう思うと灯里は息急き切って言う。

だが、ファルークはチラッと時計に目をやり……。

「残念だが、公務を抜けてきたので早めに戻らなくてはならない」

「そう、ですか……あの、でも公務を抜けてって？」

時間がないのに、こんなところまで来る意味とはなんだろう？

「明日、トルワッドに帰国する。最後に挨拶をしておこうと思ったのだ」

彼はたいしたことではないように、サラッと口にした。

実際問題、たいしたことではない。彼が日本に滞在する時間はほんの数日、そんなことは初めからわかっていた。用事が済めば、早急に帰国して当然だ。

それなのに、今回に限って、灯里は酷くショックを受けていた。

（なんで、わたし……こんなに動揺してるんだろう？　三年ぶりに会ったから？　ファルークの態度が妙に親しげだったから？）

灯里は「いつもどおり、いつもどおり」と口の中で唱えつつ、なんとか笑顔らしきものを作った。

「そ、そうですか。今回はわたしの部屋まで来ていただいて、なんのおもてなしもできませんで……。えっと、今度来られたときには、ナツメヤシも用意しておきますから……」

「残念だが、私が日本を訪れることはもうないだろう」

スッパリと否定され、灯里は声を失う。

「だから、今日が最後となる。灯里、君は夢を叶えるために努力を惜しまない、素晴らしい女性だ。君ならきっと、自らの手で幸福を摑むだろう。ただ、余計なことかもしれないが、悪い男には騙されないよう充分に気をつけなさい」

そう言うと、彼は灯里が小学生だったころと同じように頭の上に手を置き、髪をクシャクシャとした。

「……はい……」

灯里が答えられたのはそれだけだった。

そのまま引き揚げようとするファルークのあとを追い、彼より先にエレベーターのボタンを押した。

「下まで、送ります」

自分の声が震えているのがわかる。

（聞きたいことがあるなら、聞いておかないと……これが、最後なんだから）

首長になったから、日本に来られないのだろうか？

だがそれなら、今回の来日にはどんな意味があったのか？

あるいは、灯里のせいで二度と日本に来ないという意味なのか？

（でも、それって……どうして？）

「灯里……」

「はい！」

ファルークに名前を呼ばれ、反射的に返事をする。

「日本のエレベーターの性能がいかによくても、一階のボタンを押さない限り、動かないのではないかな？」

考え込むあまり、操作盤を睨《にら》んだまま立ち尽くしていた。

「は、はい、すみません」

慌てて一階のボタンを押す。すぐに下り始めたが……いつもと違ってずいぶんゆっくりに感じる。

少しでも長くファルークと一緒にいたい。灯里のそんな気持ちを察して、エレベーターもゆっくり動いてくれている……ということはあり得ない。

「なんだか、動き方がおかしいですね。ちょっと、停めてもいいでしょうか？」

「もちろん、かまわない」

何かあったときは、なるべく早くエレベーターから降りるほうが安全。エレベーターの管理会社の人からそんな指導を受けたことを思い出す。

ファルークの即答を聞き、灯里はすぐに全部の階のボタンを押した。

彼には申し訳ないが、階段で一階まで下りてもらおう——そう思った直後、エレベーターに急制動がかかったようにガクンと揺れた。

「きゃっ！」

急な止まり方だったため、灯里は後ろに倒れそうになる。

とっさに何かに掴まろうと伸ばした手を、ファルークが掴んでくれた。そのまま、彼の腕の中に抱き寄せられる。

「大丈夫か？」

「は、はい、もちろん、大丈……」

大丈夫です、と答えようとしたとき、天井のほうからギーギーとロープがこすれるような、不快な音が聞こえてきた。

「い、今の音は……ひょっとして、このまま……」

エレベーターのロープが切れかかっているのではないか。このまま一階まで落ちたとき、果たして中にいる人間は無事に済むのだろうか。

灯里の胸には悪いことしか浮かんでこない。

「余計なことは考えなくていい」

「でも……」

「いいから、黙りなさい」

ファルークは強い力で灯里を抱き締める。彼の温もりが伝わってきて、心の奥でヒーターのスイッチがカチリと入った。

(こんなときなのに……ファルークのことを独り占めしているみたい)

灯里の心も身体もぽかぽかと暖かくなってきた。小さな不安など、彼から伝わってくる熱で溶かされていく。

ファルークの傍はどうしてこんなに落ちつくのだろう。

(ずっと、こうしていたいのに。でも、もう二度と会えない……なんか、そんなのイヤって言ってしまいそう)

何も考えずにいたいのに、今日が最後と思うと涙が浮かんでくる。

灯里がギュッと目を閉じ、彼の胸に自分から抱きつこうとした、刹那——煌々と輝いていた天井のライトが一瞬で消え、エレベーターの中は真っ暗になった。


「きゃあっ！」

「落ちついて、慌ててはダメだ」

「でも、でも……このまま、落ちたら……」

今の位置は四階と三階の間くらいだろう。そんな高さから落下して、無傷で済むとは思えない。

（ファルークとふたりきり、なんて浮かれてる場合じゃないのよ！　わたしのほうがちゃんと考えなきゃ。ファルークはトルワッドにとって大事な人なんだから……）

ファルークが首長に就任したことで、トルワッドと周辺諸国の関係は良好になり、安定した平和へと向かっているとニュースで聞いた。

灯里の代わりはいくらでもいる。だが、ファルークの代わりはいないのだ。

身分云々ではなく、こういう事態に陥ったのは、ボーッとしていた灯里のせい。何もかもがすべて自分の責任に思え、息をするのも苦しくなる。

「あなたに何かあったら……そんなの絶対にダメ……なんとか、なんとかしなきゃ……なんとか」

冷静になって考えなくてはと思えば思うほど、頭の中が混乱してきて——そのとき、ふいに口を塞がれた。

真っ暗なので何も見えない。だが、灯里の唇に押し当てられているのは、掌の温かさではなかった。

その温もりは、たぶん唇。

何も考えずに「なんとか」と言い続ける灯里を黙らせるため、いや、落ちつかせるためにファルークは自らの唇で灯里の口を塞いだ。

（そ、そうよ……口を塞いだだけ……それ以外の理由なんてない。これはキスじゃないの

よ……キスじゃない）

灯里はギュッと目を閉じたまま、自分に言い聞かせるように心の中で繰り返していた。暗闇の中、目を閉じたままでいることに意味はないと思う。だが、いつ明かりが点くかわからない。そのとき、ファルークと視線が合ったら、恥ずかしくて身の置きどころがなくなってしまう。

そんなことを考えつつ、灯里は息を止め、身じろぎもせずにジッとしていた。

少しして、柔らかな唇が彼女から離れていく。名残惜しかったが、まさか「もっと」なんてことはさすがに言えない。

「少しは、落ちついたかな？」

「……は……い」

どうにか声を絞り出すが、内心、落ちつくどころではなかった。心臓はバクバクと音を立て、全力疾走《ぜんりょくしっそう》したばかりのようだ。

「ゆっくりでいいから、目を開けなさい」

ファルークの声が耳元で聞こえる。それは、肌触りのいいベルベットで頬を撫でられるような気持ちよさだ。灯里はあえて逆らう理由もなく、ゆっくりと目を開けた。

エレベーター内は仄暗いオレンジ色の光で包まれ、あらゆるものがハッキリと見えた。床も天井も電気の消えた操作盤も、そして笑みを浮かべるファルークの顔も。

「非常灯が点いてたんですね……気がつかなくて、すみません」

ひとりアタフタしていた自分が恥ずかしく、首が折れそうなほど下を向く。

「私の身を案じてくれるのは嬉しいが、止まったエレベーターの中でできることは限られている。連絡を取ってみるから、おとなしくしていなさい」

ファルークは灯里を抱いたまま、小さな子供をあやすように髪を撫でてくれる。

灯里は自分が何もできない子供のように思え、なけなしのプライドが戻ってきた。彼女は勢いをつけてファルークの腕の中から抜け出す。

「あ、ありがとう、ございます。でも、わたしは従業員ですから……あなたを守る責任があります。連絡はわたしが」

その瞬間、ファルークは灯里の二の腕を左右からガシッと摑んだ。

「君を守るのは私の〝義務〟であり〝権利〟だ。ここが日本でも、それだけは譲れない！」

灯里の言い方が悪かったのだろうか？

ファルークの言葉は冗談のように聞こえなくもない。だが、血走った目を見る限り、真剣に言っているみたいだ。この場合、灯里のプライドより、彼を怒らせないほうが優先なのではないだろうか。

そんなことを考えながら、今度は怒らせないように言葉を選ぶ。

「わかりました。えっと、お願いします。あの、電話が繫がるのは公園の警備室です」

彼女の返事にファルークは「わかった」と短く答え、ようやく手を放してくれたのだった。

ファルークが公園の警備室と連絡を取って、二十分ほどが過ぎる。

そうなると灯里の頭もだいぶ冷静さを取り戻してきた。最初は、エレベーターの電気系統にトラブルが起こり、止まってしまったのだろうと考えた。

スケートリンク側の建物は、アリーナのオープンと同時に完成した築十年程度。だが事務所のある四階建ての建物は隣のホテルと同時に建てられたもので築二十五年。エレベーターもそのときに設置されたと聞く。エレベーターで上がることができるのは四階まで、屋上へは階段で上る仕様だ。

だが、いろいろ考えるうちに、灯里はひとつのことに思い当たった。

（これがエレベーターだけの故障じゃなくて、全館停電だったら？　もしそうなら……氷がダメになってしまう!!）

停電なら当然冷凍機も止まっているだろう。

急いで確認しなければと思うが、タイミングの悪いことに、携帯電話はロッカーに放り込んだバッグの中だった。

「あの……ファルーク、失礼なお願いかもしれませんが、外と連絡を取りたいんです。携帯電話を貸していただけませんか？」

灯里は両手を合わせて頼んだ。

ところが、ファルークは天井を仰ぐようにして、大きなため息をつく。

「すぐに公務を抜け出すと、うるさい側近がいるので車に置いてきた」

「なっ⁉　そんなに何度も抜け出したりしてるんですか？　それは、側近の方も怒りますよ」

残念な気持ちもあって、大げさなくらい呆れ返った声で言ってしまう。

「――君の言うとおりだ。だから、こんな目に遭っているのだろうな」

横を向き、少し拗ねたように言われると灯里のほうが居《い》た堪《たま》れなくなる。

エレベーターが止まったのは彼のせいではない。ファルークを巻き込んだ責任はどう考えてもアリーナ側にあった。

「申し訳ありません。こちらの不手際でした……本当にすみません」

灯里の謝罪を聞くなり、ファルークは腹を決めたように床の上に胡坐《あぐら》を組んだ。ネクタイを緩め、上着のボタンを外すと大きく息を吐く。

「苛々《いらいら》したところで、どうしようもないな。警備の者がすぐにエレベーターの管理会社と連絡を取り、救出すると言っていた。それを待つとしよう。灯里、君も疲れただろう、ここに座りなさい」

そう言うと、なぜか彼は自らの膝を叩いた。

不思議なジェスチャーに首を傾げつつ、とりあえずファルークの隣に腰を下ろそうとする。

だが、ふいに腕を掴まれた。

「どこに座るつもりだ？」

「ですから、あなたの隣に……きゃ!?」

そのまま引っ張られ、彼の膝の上にお尻から乗っかる格好になる。

すぐ近くにファルークの唇が見え、灯里はその感触を思い出してしまった。ふたたび動悸が始まり、頬が熱くなる。

「君をこんな冷たい床に座らせるつもりはないよ。私の膝の上にいなさい」

ファルークの短い説明ではさっぱりわからない。

（ど、どうしたって言うの？　ファルークは何がしたいの!?　なんで膝なのよーっ）

やっと取り戻した冷静さも一瞬で消えてしまった。

だが、意味はわからないが、不快ではない。正直な気持ちを言っていいなら、嬉しい、だった。もちろん、抵抗などできるはずがない。

ただ、どうしても気になることがある。

「あの……お、重く、ないですか？」

するとファルークの口からクスクスと笑い声が聞こえてきた。

「十四年前も同じことを聞いたな。あのときに比べたら、少しは重くなったようだ」

なんの話かわからずきょとんとしている灯里に、ファルークは十四年前のことを語り始めた……。

十四年前の儀式のあと、灯里とファルークは砂漠のテントに一泊した。

灯里はよっぽど砂漠が気に入ったのか、裸足で砂の上を駆け回り、はしゃいでいたらしい。だが、夜の砂漠は昼間以上に危険なこともある。ファルークはできる限り遠回しに注意したみたいだ。

とはいえ、相手は九歳の少女。遠回しな注意に気づくはずもなく、また素直に聞こうともしなかった。

両親がいないのをいいことに、灯里ははしゃぎ続け……そんな彼女にファルークも業を煮やしたらしい。

「砂漠のヘビやクモは夜行性だ。しかも毒を持っている。静かにしていないと、テントの中まで入ってきて……君の寝台に潜り込むかもしれない」

彼の言葉を聞くなり、灯里はおとなしくなったという。

ファルークは静かになった灯里をテントの中に用意された寝台に寝かせ、ホッとしていた。だが、少しすると泣き声が聞こえ始めたのだ。

もちろん灯里だった。

「怖い……ホテルに戻りたい。お父さん、お母さん、どうしていないの？」

寝台の上で身体を丸め、泣きながら震えていた。そんなに怖がるとは思っておらず、フアルークは慌てて前言を撤回する。

「灯里、悪かった。大丈夫だから、テントの中にはヘビもクモも入ってこないようになっている。安全だよ」

宥めすかすように優しい言葉を口にするが……。

そもそも怖いことを言い始めた当人に慰められても、即座に信用してもらえるはずがない。

「どうして、お父さんもお母さんもいないの？　ひょっとして、もう二度と会えないの？　わたしが悪い子だから……捨てられたの？」

「違う！　佐伯教授は——お父さんは夜が明けたら、ちゃんと迎えにきてくれるから。それまでは、僕が君を守る!!」

泣きやまない灯里を膝に乗せ、頭を撫でて力強く言った。

「ほら、こうして僕の膝の上にいたら毒ヘビは近づけない。夜通しこうしているから、君は眠ったらいい」

するとと灯里は、

「でも……重いでしょ？　最近身長が伸びてるから、体重も増えてるもん」

ファルークに抱きつきながら答えた。

(全然、覚えてない……。ああ、もったいない、そんな美味しいシチュエーション……いやいや、そういう問題じゃなかった)

どれほど記憶を掘り返しても、テントの中の様子などまったく浮かんでこない。

「小さな女の子だと思っていたのに、体重を気にする辺りは一人前の女性なのだと思ってね。そのせいでずっと記憶に残っていた」

「そ、それは、どうも……その、昔もいろいろとご迷惑をおかけしたみたいで、本当に申し訳ありません」

膝に乗ったままで、真剣に謝るのはなんとも難しい。

それはファルークもわかっているらしく、ずっとクスクス笑っている。

「体重の増加分は、あちこちしっかり成長していて、私も嬉しい……」

「う、嬉しい？」

ファルークの声に艶を感じ、灯里はびっくりして問い返した。

「ああ、いや……少し、日本語を間違えたようだ。そうだな……君の成長は私にとっても喜ばしいことだ、と言ったほうが正しいかな」

ファルークは視線を泳がせながら言い換える。

その口調と態度に彼らしくない狼狽《ろうばい》を感じ、灯里はファルークの胸元に手を添えて、端整な顔をジッとみつめ続けた。

すると、ふいに彼女の手をファルークが掴んだ。

「灯里、ずいぶん手が荒れているな。仕事はつらくないか？」

マニキュアも塗っておらず、ろくに手入れもしていない指先に気づかれ、灯里はサッと手を引こうとする。だが、ファルークが放してくれなかった。

「厳しいけど、つらくはないです。やりたくて、決めた仕事ですから」

なんとなく、話を逸らされた感じがする。とはいえ、体重の話に戻すのも女心としては複雑だ。

「それは、たしかにそうだろう。君がこの仕事に誇りを持っていることくらい、私にもわかる。だが、なぜスケートリンクなのだ？　まさかとは思うが、十年前のことが理由なのだろうか？」

ファルークの返事に灯里は目を見開いた。

灯里が初めてアイススケートを経験したのは中学一年のとき。校外学習の一環で、オープンしたばかりのこのアリーナに滑りにきた。

その直後、ファルークが佐伯家を訪ね……灯里はアリーナのパンフレットを彼に見せながら、そのリンクがいかに素晴らしかったかを話した。そして、それを造ったのがファルークと同じアラビアのシークであることも。

灯里はただ、彼が喜んでくれると思った。

「〝アルド・アイスアリーナ〟か、アルド王国のシーク・サイードの初仕事だと聞いた。同じものを祖国に造るための下準備らしい。同じ歳なのに、国に戻ることもできない私とは大違いだな」

その当時、ファルークの妹は手術以降ずっと日本の病院に入院していた。だが彼は、国家間の問題で一ヶ所にとどまっておられず、数ヶ国を渡り歩いていたと聞いている。

国籍も定かでなく、正式にはパスポートも持てない身分。かたや同じ年齢でアルド王国の王族の血とシークの称号を持ち、日本では大会社の社長の地位もあるシーク・サイード。両者に生まれついての身分に大差はなく、むしろファルークのほうが恵まれたものであったのに。

そう思うと、割り切れない口惜しさもあったのだと……灯里も今ならわかる。

「国民のためには何ひとつできず、ずっと誰かの世話になり……私は自分のことで精いっぱいだというのに。シーク・サイードには一生敵わないのだろうな」

そのとき、ほんの一瞬だけ見せたファルークの悲しげな顔は忘れられない。

だから灯里は言ったのだ。

「シーク・サイードのアルド王国に負けないくらいのリンクを、トルワッドにも造ればいいんですよ！　ファルークが国に帰れないなら、わたしが造りに行きます！」

あのときのファルークは「それは頼もしい」と笑ってくれた。

トルワッドのクーデター政府が倒れ、旧政府が復活したのはそのすぐあとのことだった。

「灯里？　もし、私のためと言うなら……」

十年前のことに思いを馳せていた灯里はハッとした。

「いえ、違います！　あ、違った……違わないんですが、そうじゃないんです」

　自分でも意味のわからない日本語になっている。

「すみません。あの、覚えていてくださったんですね。びっくりです」

「嬉しかったからね。ああ、これは本当の嬉しいという意味だ。君ならきっと、私がどんな立場に追い込まれようと、味方でいてくれるような気がした」

　ファルークの残念そうな口ぶりに、灯里は慌てて声を上げた。

「味方です！　わたしは、ずっと味方です。リンクを……アイススケートの氷を作る職人になりたいって思ったきっかけは、ファルークでした。でも……」

　初めてアルバイトでアリーナに入った年、灯里はアウトリンクを設営する手伝いに行った。

　灯里は見ているだけのようなものだったが、何もない場所に土台を造り、ブライン液を通す無数の管を張り巡らせ、深夜から早朝にかけて霧状の水を撒き、氷を作り上げていく。何度も何度も均等に撒いては凍らす、というのを繰り返すのだ。

　何も知らなかった灯里にとって、ゼロからスケートリンクを組み立て、滑らかで傷ひとつない上に、足の負担を軽減する柔らかな氷を作っていく姿に感動を覚えた。

「自分の判断というか、自分の力で何かを作り上げるって凄いことのように思えたんです。大学を卒業してからでもいいんじゃないかって、学校の先生は言いましたけど……でも、リンクに就職できるチャンスだったから」

父は大学教授、母は小学校教諭。そんな両親の期待と大学受験から逃げるための言い訳にすぎない、と高校の担任教師から言われた。

それでも一歩も譲らない灯里を見て、父も母も認めてくれたのだった。

「母はともかく、父は出世も考えない変わり者って言われ続けたそうですから……」

院生のころからたびたびアラビア半島に向かい、どんな危険な目に遭っても自らの研究を諦めることはしなかったという。

「そんな佐伯教授のおかげで、トルワッド国内の砂漠化が食い止められている。何かを成すのは、成そうとする強い意志だ」

ファルークの言葉は誰よりも力強い。勇気が出てきて、背中を押される気持ちになる。

そんな彼にもう二度と会えないのなら……。

「だったら……〝今日が最後〟なんて言わないでください。十四年前は父の意思であなたに協力しました。でも、今度はわたしが……」

「なんでもしてくれるのだったな」

「え？　あ、はい」

次は灯里自身の意思で彼の役に立ちたい。そうお願いしようとしたのだが、ファルークに遮られてしまう。

しかも、彼が口にしたことは、予想外のことだった。

「では灯里、私と一緒にトルワッドまで来ることはできないか？　我が国初のアイススケートリンク設営に、ぜひ君の手を借りたい」

すぐにうなずこうとした。

だが、寸前でハッと気づいたのだ。灯里にはまだそれだけの技術はない、と。今、彼の国に行っても、灯里にできることはほとんどないだろう。

「あの、ファルーク……わたし」

「なんでもするという言葉は嘘か？　君は私に嘘をついたのか？」

「違います、そうじゃなくて……わたしはまだ、何もかもが未熟で……え？」

灯里から言葉を奪ったのは、ファルークではなかった。

彼女の視界からファルークが消える。いや、すべてが消えて何も見えなくなった。非常灯が消え、エレベーターの中は一瞬で闇に包まれる。

「え？　え？　やだ……なんで……やぁっ⁉」

今度こそ、一番下まで落ちるのかもしれない。そう思うと、怖くて身体が震え始める。

「大丈夫だ、灯里、落ちついて」

ファルークの声は変わらず冷静なままだった。彼は灯里の身体をしっかりと抱き締めてくれる。そんな彼の首に手を回し、力いっぱい抱きつく。

「目を開けなさい。この距離なら君の顔が見える。君にも見えるはずだ……灯里」

「ファ……ファルーク」

言われるまま目を開けたとき、ファルークの瞳が目の前にあった。鼻先が触れ合うような距離——それはほんの数センチで、唇まで触れ合う距離となる。
ファルークの唇が「灯里」と動いた気がして……引き寄せられていく。
直後、ふたりの唇は重なった。

第三章　暗闇のキス

軽く触れ合い、少し離れたあと、ファルークの吐息が彼女の唇を掠め……やがて、思いきったように彼は唇を押しつけてきた。それは、つい先刻の口を塞ぐような仕草とはまるで違う。身体の芯まで蕩けるような甘い口づけに、灯里は軽い眩暈《めまい》を覚える。

映画やドラマで見るようなロマンティックなキス。まさか自分がそんな経験をすることになるとは、ほんの数分前まで思ってもみなかった。

灯里は不思議な気持ちを抱きながら、優しいキスに身を委ねる。

だが、余裕で受け止めていられたのはそこまでだった。

ファルークの舌先が彼女の唇をなぞり、上下にこじ開けていく。唇の内側に舌先が滑り込み、ゆっくりと歯列を舐め上げた。

歯茎《はぐき》をなぞるぬるりとした初めての感触に、ファルークのスーツの襟を力いっぱい摑んでいた。

「ん……ふ……やぁ……んんっ」

唇の隙間から声が漏れる。

狭いエレベーターの中に、灯里の口から零れたとは思えないような色っぽい声が響いた。

「灯里、いつまでも歯を食い縛っているものではない。力を抜いてごらん」

ほんの少し唇が離れたとき、ファルークのささやきが聞こえた。

力を抜けと言われても、どうやって抜いたらいいのかわからない。ますます緊張して、これまで以上に力が入ってしまう。

そんな拙い灯里のキスから、ファルークが離れていくような気配を感じ――。

(やだ……ファルークにキスしてもらえるなんて、最初で最後かもしれないのに……今だけだから……もう少しだけ)

灯里は思わず彼の唇を追いかけてしまう。

しかし触れた瞬間、浮かび上がった羞恥心《しゅうちしん》に強く押し当てることを躊躇《ちゅうちょ》する。軽く食むように唇を捉えようとするのが精いっぱい。

(もう、これ以上は……無理)

灯里が引き下がろうとした直後、今度はファルークの唇が迫ってきた。

「あ……ごめんなさい、わたし……」

「いけない子だ。もっとキスが欲しいなら、舌を出してみなさい」

触れるか触れないかの位置で、彼は唇を止める。吐息に引きずられるようにして、灯里

は舌先を下唇の上におずおずと載せた。

ファルークは肉厚のある舌を突き出し、すくい上げるように灯里の舌を搦め捕る。そのいやらしい動きに唾液が口角から零れ落ち、顎を伝って流れていく。

(これが本当のキス……じゃあ、やっぱり……さっきのは唇を塞いだだけ)

激しいキスに目の奥が痺れるようにチカチカする。

灯里が喘ぐように吐息を漏らし、ほんの少し彼から離れようとしたとき——襲いかかるようにファルークの舌が侵入してきた。

口を閉じようとしても閉じられない。ぬるっとした感触が口腔内に広がり、灯里は縋りつくようにして彼に抱きついた。

「あぁ……やっ……ぁふ」

声にならない声が、絡み合う舌の間を縫うようにして漏れ聞こえてくる。

息も絶え絶えになりながら、灯里はファルークのキスに応えていた。

そのとき、彼女の脳裏に車の中で永井からキスを迫られたときのことが浮かんだ。あのときは、永井の顔が近づいてくるだけで逃げることしか考えられなかった。

それなのに、ファルークにはもっとキスしてほしいと思う。離れてほしくない、このまずっと……。

「んんっ⁉　んっ、あ……やぁっ」

灯里たちスタッフは専用の赤いジャンパーを着ている。そのジャンパー以外は私服で、動きやすい服装なら決まりはない。

今日の彼女はジャンパーの下はVネックのニットとカーキ色のスキニーパンツ。ネイビーブルーのニットは薄手なので、ジャンパーがなければ肌寒く感じる。

そのジャンパーのファスナーをスーッと下ろされ、Vネックの襟元に冷たい風が吹き込んだ。

と同時に、ニット越しにファルークの手が彼女の胸に触れた。優しい動きで緩やかに揉みしだく。片方の手は彼女の頭を支え続け、キスをやめる気配はない。

灯里にはそれ以上の声は出せず、ひたすらスーツの襟を握り続けるだけだ。

(ファルークの手が……む、胸に触ってる。でも、そ、そんなに……大きくないのに……恥ずかしい)

彼女の控え目な左胸は、ファルークの大きな手にすっぽりと収まってしまった。そして長い指先がリズムを刻むように撫で回している。

ふいに胸の先端を強く抓まれ、灯里は顔を顰めた。

そのとたん、彼女はすべての行為が恐ろしくなった。明かりの消えたエレベーターの中、ファルークはどこまでするつもりなのか。不安が彼女を包み込む。

「どうした？　急に身体を強張らせて。まだ、怖いのか？」

唇が離れ、至近距離から彼の声が聞こえてきた。

その言葉の意味に気づいたとき、灯里の鼓動は速くなる。

（それって、わたしが暗闇を怖がったから？　じゃあ、今のキスも全部……）

灯里の恐怖心を忘れさせるための行為。

ファルークの本心に気づき、居た堪れない気持ちになる。夢中になってキスに応えていた自分はどこまで愚かなのだろう。

「も……う、怖くない、です……だから、手を放して、ください」

「それは、どういう意味だ？」

「む、胸まで、触るなんて……やり過ぎ……あ、やぁ……んんっ」

灯里は抗議したつもりだった。

だが、ファルークは胸の上に置いた手を退けるどころか、さっき以上に性急な動作で愛撫し始めた。頭を支えていたほうの手は、背中まで下りてきている。

「ファ……ルーク、どうして？」

彼の触れている部分がゾクゾクして、そのままもたれかかってしまいそうだ。

「やり過ぎだと言うのか？　だが、あんな熱烈なキスをねだったのは君のほうだ」

「そんなつもりじゃ……あっ、くぅ」

ファルークの唇が耳朶に当たり、彼はそのままカプリと咥えついた。甘嚙みして灯里の官能を焦らすように責め、翻弄する。

「舌の使い方も知らない、拙いキスを返すわりに、男の欲情を煽る仕草は見事なものだ。この、胸の先端も……わかるか、灯里？　たったこれだけの愛撫で、もうこんなに硬く尖っている」

「あっ……やぁ、やめて……ちがぅ、そ……んなの、わ、わからないの……あぁ、ダメェーッ」

ニットだけでなく、下着もつけているのに、その上からでもわかるくらい胸の先端は硬くなっていた。

ツンと尖った部分をコリコリとこすられ、灯里の身体は小刻みに痙攣する。

「わからない？　わからないのに君は、その魅力的なヒップを私に擦りつけているのか？」

本当に何もわからなかった。

ただただ身体が火照《ほて》り、下腹部に経験したことのない熱が生まれてくる。ジッとしていられなくなり、無意識のうちにお尻をファルークに押しつけていた。

「君も気づいているはずだ。この柔らかいヒップを押し当てられ、私の下半身が目を覚ましてしまったことを」

言われた瞬間はなんのことかわからず、しばらくしてハッと気づいた。灯里のお尻の下には鋼鉄のような昂りがある。

（コレは……コレって……）

恥ずかしさに彼の膝から下りようと身をくねらせるが、ファルークの手は離れない。

彼に灯里を解放する気はまったくないらしい。それどころか、臀部《でんぶ》をゴソゴソと動かしたことで、さっきよりもっと欲望の塊が張り詰めた感じがした。

焦る灯里の耳に、ファルークの嘆息が届く。

「そんなに私を誘うものではないよ。こんな場所で、なんの準備もなく君を抱くような真似はしたくない」

「準備……？」

準備と言われて未経験の灯里の脳裏に浮かんだのは、ホテルのベッドくらいだ。

初めてのときは……ホテルのスイートとは言わないが、ちゃんとしたベッドのある寝室がいい。こんな故障中のエレベーターの中というのは、いくら相手が大好きな人でも避けたいと思う。

〝大好き〟という言葉が頭に浮かんだとき、彼女の心は大きく震えた。

（わたし、ファルークが大好きなんだわ。それって……ファルークのハーレムなら入ってもいいってこと？　いや、待って、そうじゃないでしょ。そもそも、ハーレムなんて……）

ファルークの情熱的なキスは、灯里が胸の奥に押し隠した憧れという名の恋心を表まで引きずり出してしまった。

まさか彼の口にした内容が、〝恋〟から連想する準備ではなく〝セックス〟に繋がる準備とは考えもせずに。

「避妊具を持ち歩くのは私の主義ではない。だが君と……無用な危険を冒すのもごめんだ」

「ひっ……!?」

あまりに予想外の単語だったため、灯里は繰り返しそうになる。

「ああ、すまないが、避妊具は持っていても出さないでくれ。女性から渡されたものは信用しないことにしている。立場上だ」

ファルークの言う避妊具がコンドームのことだと確信し、灯里の心は一気に現実に引き戻された。

「危険って……どういう意味ですか？　それに信用しないって……。わたしがわざと妊娠して、あなたに結婚を迫るとでも？」

声が裏返っていたせいだろうか、ファルークは彼女の言い分を馬鹿にしたように笑った。

暗闇にだいぶ目は慣れたが、彼が顔を背けたため表情までは見えない。ただ、彼の言葉は長い間の憧れに泥を塗られたようで……灯里は我慢できなかった。

「どうして笑うんですか!?　あんな……キスをしておいて……。わたしをからかって楽しいですか？」

「同じ言葉を返そう。絶妙のキスで応えておいて、私から理性を奪って楽しいかい？」

「いったい、何を……やぁ、んっ」

何度目だろう？

顔を覗き込まれ、すくい上げるように唇を求められた。

（ファルークがこんなことを言う人だったなんて……なんにも知らずに、聖人君子《せいじんくんし》のような人だと思っていたのに）

振り払って逃げようと思うが、この狭いエレベーター内から逃げ出す術はない。

灯里の目に涙が浮かび上がったそのとき――パッと照明が点った。

闇が一転して光に包まれ、灯里は驚きと眩しさに目をギュッと閉じた。


「聞こえますかーっ？　電気が戻りましたので、すぐに開きますからーっ」

扉の向こうから心配そうに叫ぶ大勢の声が聞こえてくる。

ホッとする反面、灯里はファルークの膝の上にいる自分に気づく。なんと言っても、ふたりはほんの数秒前まで唇を重ねていたのだ。その甘い気配は、すぐさま断ち切れるものではない。

恐る恐る見上げたファルークの顔にも、安堵より動揺が浮かんで見えた。

「あ……わたし……」

灯里は急いでファルークから離れようとし、彼の膝からそのまま床に滑り落ちる。

扉が開いたのはそのときだった。

『ファルーク殿下！　ご無事でございますか……』

勢い込んで、アラビア語で声を上げた男性がひとり。

だがすぐにエレベーター内の空気を読んだのだろう。その声は勢いが削がれ、戸惑いを含んだものに変わった。

他の警備員や公園の職員も同様だ。床の上に座り込んだふたりの姿を目にして、それぞれに言葉を失っている。

そのとき、ファルークがネクタイを締めながら立ち上がった。何ごともなかったように上着のボタンを留め、スーツの埃を払う。

『大事ない。しかし、サアダーン……どうしてわかった？　私の名前は、警備室の人間に告げなかったはずだが』

サアダーンと呼ばれた白いトーブ姿の老齢の男性が頭を下げつつ、

『畏れながら――〝アルド・アイスアリーナ〟の駐車場に大使館の車が停まり、同じ位置に殿下の携帯電話のＧＰＳが反応いたしましたので』

礼を尽くしながらも、少し怒った声で答えている。

灯里も立ち上がろうと思うのだが、太ももから膝にかけてガクガクと震え、ほとんど力が入らない。

（これって……腰が抜けたっていうヤツ？　なんでこんなときに）

悔しさと恥ずかしさで泣きそうになりながらうつむく。

いつまでも座り込んだままの灯里に、顔見知りの警備員が声をかけてきた。

「灯里ちゃん、大丈夫かい？　ほら、僕が手を貸してあげるよ」

そう言って腕を掴んでくる。

三十代の男性、独身だと聞いている。普段は少しいやらしい感じがして、朝晩の挨拶以外は口をきくこともない。

灯里はゾッとしたが、この状況でヒステリックに振り払うのも変に見えるだろう。我慢して警備員に支えてもらい、立ち上がろうとした。

そのとき——横から伸びてきた手が警備員の腕を掴んで捻じり上げた。

「この、無礼者!! 私の許しも得ずに、灯里に触れるな！」

ファルークの怒声に、その場にいた全員が凍りつく。

警備員の男性はすぐに解放されたが、肘《ひじ》をさすりながら泣きそうな顔をしている。

灯里も立ち上がろうとしていたことすら忘れてしまって、床の上にペタンと座り込んでしまう。

そのとき、ふいにファルークが彼女の横に膝を折り、背中と太ももの下に手を回すなり横抱きにしたのだ。

「あ……あの……きゃっ!?」

あっという間に足先が床から離れていく。

ファルークが立ち上がると、当然ながら灯里の目線も高くなる。大勢の人を見下ろすなど、これまで経験したことのない光景だ。普段は見えない高さのものが見え、遠くまで見渡せるのはかなり爽快な気分だった。

問題は、すべての体重がファルークの腕にかかっているということだろうか。

「お、重いですよ。絶対に重いですってば！」

「君が動けば動くほど、余計に重く感じる。落とされたくなければ、おとなしくしていなさい。どうせ、ひとりでは立って歩くこともできないのだろう？」

言われてみればそのとおりだった。腰が抜けて歩けないのだから、暴れて余計な負担をかけないようにするのが一番だ。

灯里はなるべく動かないように息まで潜める。

そのとき、遠くまで見えることで気づいてしまったことがひとつ。三階で止まったエレベーターの周囲には、思ったより多くの人が集まってきている、ということ。

ホテルの制服を着た人たちや、公園に出入りする業者らしき人たちの姿が見える。中にはまったく見覚えのない人も……おそらくはエレベーターの管理会社の人だろう。

(なんでこんなに集まってきてるの!?)

灯里はグッと口を閉じ、ファルークの胸に顔を隠すようにした。

彼女が騒ぐことでさらに人を呼び、ファルークの名誉を傷つけたり、アリーナの評判を落としたりすることだけは避けなくてはならない。

そんな灯里の態度をどう思ったのか、ファルークはずいぶん優しい声でささやいた。

「それでいい。私に任せておきなさい」

言うなり、一歩エレベーターの外に出た。

「エ、エレベーターの管理を、委託された……か、会社の者です。このたびは、しゅ、首長殿下に対して……た、ただならぬご迷惑を……」

三月にもかかわらず、管理会社の男性は汗を拭いながら必死で弁明する。

だが、そんな男性に対してファルークの返答は実に峻烈《しゅんれつ》なものだった。

「謝罪や言い訳は無用だ。私ではなく、このアリーナのオーナーにするがいい。——道を開けたまえ」

最後のひと言で、海が割れたようにファルークの前に道ができる。

(ファルークはやっぱり、わたしたちとは身分が違う。でもこんなふうに抱き上げられて、わたしってどこに連れて行かれるの？)

そっと彼の横顔を見上げ、灯里は打ち消しきれないときめきを感じていた。

☆　☆　☆

「電話がかかってきたときは、ホントーにビックリした！」

バスルームから出てくるなり、笑いながら話すのは灯里の妹、陽香だった。

姉妹は六歳も違うが、快活な笑顔はよく似ていると言われる。だが頭の中身は、灯里に比べて陽香は両親に似ていた。現在高校二年だが、成績は優秀で県内トップクラス。国立大学合格は間違いなしと聞く。当の陽香もテストで高得点を取ることが楽しくて仕方がないらしい。

その辺りの感覚は灯里にはよくわからない。姉妹の仲はそれなりに良好だが、生活環境が違うため、あまり顔を合わせることはなかった。

その陽香がどうして灯里の部屋にいるのかというと……。

エレベーターから救出されたあと、灯里はなぜか大学病院に連れて行かれたのだった。

大勢の医師に囲まれ、エレベーターに閉じ込められたことにより体調に異常をきたしていないかどうか診察する、と説明を受ける。

わざわざ診察なんてしなくても……と思ったが、彼女の付き添いはトルワッド国の大使館員。

『首長殿下のご命令です』

などと言われては、断るに断れない。

さらには、診察が始まった直後、アリーナのオーナー、シーク・サイードの指示でアルド王国の大使館員までやって来てしまい……。

病院内の空気はさらにピリピリしたものに変わった。

両国の大使館員に囲まれ、灯里はＶＩＰのような扱いを受ける。医師や看護師など病院関係者だけでなく、患者たちからも思いきり注目を浴びてしまい、身の縮む思いでどうにか診察を終えたのだった。

そして彼女を病院に搬送した張本人ファルークだが、彼は診察が始まる前にはすでにいなかった。

（ずるいわよ、絶対。だって、閉じ込められたのはファルークも同じなのに……）

むしろ一般人の灯里より、本物のＶＩＰであるファルークのほうを念入りに診察するほうが先ではなかろうか？

とはいえ、その一般人がＶＩＰに対する不満を偉そうに口にするわけにはいかない。そんなとき、病院まで迎えに来てくれたのが陽香だった。

「お父さんは北海道に出張中じゃない。お母さんは学年末だから忙しくてすぐに行けないって言うし……。だから私が来てあげたのよ。感謝してよね」

ふたりを灯里のコーポに送り届けてくれたのはトルワッド国の大使館の車――ＶＩＰ送迎用のリムジン。初めて乗るリムジンに陽香は終始ハイテンションだった。

姉として注意する灯里にしても、リムジンに乗ったのは今日が初めて。心の中は陽香と大差ない。

「感謝も何も……ファルークが大げさなのよ。エレベーターの中に閉じ込められたのは、一時間もなかったんだから。異常なんてあるはずないじゃない！　アリーナで解放してくれたら、そのまま自転車に乗って帰れたのに」

また自転車をアリーナの駐輪場に置いたままだ。

明日の朝は徒歩かバスで行くことになると思うと、ちょっと気が重い。

「でもさ、ファルークとふたりでエレベーターに閉じ込められる、なんて……運命感じない？」

陽香はタオルで短い髪をごしごしと拭きながら、冷蔵庫を開ける。パック入りのオレンジジュースをコップに注いだあと、「あ、プリンみっけ！」と嬉しそうに言った。

「運命はどうでもいいけど……そのプリンはお姉ちゃんのだから、勝手に食べないでよね」

「何、ケチくさいこと言ってるのよ。プリンのほうがどうでもいいじゃない！」

どうでもよくない。自分へのご褒美に買ったちょっと割高なお取り寄せスイーツ、それも個数限定プリンなのだ。もったいないので、落ち込んだときや果てしなく疲れたときに味わって食べるつもりでいる。

いつもなら真剣に引き止めるのだが、今日は疲れ過ぎていて、そんな気分にもなれなかった。

「そもそも、こういうのは賞味期限ってのがあるんだからね。大事にし過ぎると、期限切れってことにもなりかねないんだから」

と言いつつ、すでにパッケージを開けて、スプーンを差し込んでいるのだから、やることが素早い。

たしかに、灯里は呑気過ぎるのかもしれない。いや、要領が悪いと言うべきか。頭のデキも極端に悪いわけではないのに、要領が悪くてあらゆることに時間をかけてしまう。そのため、制限時間のあるテストの成績はいつも振るわなかった。

灯里はため息をつくと、プリンを諦めて陽香に声をかける。

「お姉ちゃんもお風呂に入ってくるから。あ、ジュースは全部飲まないでよ。陽香、わかった？」

「はーい」

生返事なので、あの調子だと全部飲んでしまうだろう。それで灯里がコンビニに走ることになるのだ。

（この辺りが、わたしの要領の悪さなんだろうなぁ）

苦笑いを浮かべつつ、服を脱ぎ始める。

ブラジャーを外したとき、Ｃカップのバストが洗面台の鏡に映った。痕《あと》が残っているわけでもないのに、その場所にファルークの指先を感じ……灯里の鼓動がにわかに速まる。

（薄いニットの上から触られたんだ……それも、あのファルークに）

ドキドキしながら、彼女は指先で唇に触れていた。

ファルークに唇を押し当てられ、お互いの唾液を舐め合うようなキスを交わした。もちろん、フレンチキスくらい知っている。いずれは自分も経験するのだろうと思っていた。

だが、まさか初めてのキスであそこまで激しい経験をすることになるなんて。

彼はおそらく、灯里がなんの経験もないとは思ってもいないだろう。

（永井さんに迫られるとこを見られちゃったからかな？　でも、わたしから誘惑してる、みたいな言い方はあんまりだと思う）

キスしてきたのはファルークのほうだ。胸に触ってきたのも彼からなのに、灯里が罠にはめるかのように言われるのは不本意だった。

灯里はそのとき、ファルークが言った――「女性から渡されたものは信用しないことにしている」という言葉を思い出す。

（ああ、そうなんだ。避妊具とか……渡されることが多いから、だからあんなことを。それで、騙されたとか？　ひょっとして、本当にハーレムがあるのかもしれない。何人も奥さんがいて、子供だって……いるのかも）

灯里のことは「拙いキス」と馬鹿にするように言っていた。ファルークのほうは当然、ずいぶん慣れた様子だった。

（白馬に乗ってなくても、ファルークだけはいつまでも理想の王子様だって思ってきたけど……やっぱり幻想だったのよね）

ファルークみたいな立場だと、女性を口説く前にいろいろと準備がいるのだろう。

仮に、首長でなくとも彼にはシークの称号がある。あちこちからシークの庶子が出てきたら、大変なことになってしまうことくらい容易に想像できる。

女性の側に立っても、そういう気遣いは男性として立派というか、正しいというか、きっと、間違ってはいないのだろう。

（間違ってなくても……なんか違うのよ。ファルークの口からは聞きたくなかった……みたいな感じ？）

灯里が複雑な女心を持て余していたとき――ドンドンドンと切迫した様子でバスルームのドアが叩かれた。

叩いているのは陽香以外には考えられない。

「なんなのよ、陽香。トイレが使いたいの？」

すでにショーツ一枚だった灯里はバスタオルを身体に巻きつつ、無造作にドアを開けた。

すると、目の前になぜか白い壁がある。この部屋の壁はたしかに白だ。しかし、ドアを開けていきなり壁があるはずがない。

口をポカンと半開きにしたまま、灯里は視線を上に向ける。

「入浴中すまないが、すぐにここを出る準備をしてくれ」

「ファ、ファ、ファ……」

どうしてファルークがここにいるのか。

病院まで送り届けてすぐにいなくなり、その数時間後には白いトーブ姿で灯里のコーポに現れるとは。

彼の真意はいったいどこにあるのか、誰でもいいから灯里に教えてほしいくらいだ。

呆然と見上げる灯里とは違い、ファルークはずいぶん険しい顔をしていた。

「君が悲鳴を上げるなら、唇で塞ぐことになる。だが、この部屋には陽香もいる。彼女の前で、そういった行為をするのは教育上好ましくない」

陽香のことを言われ、灯里はとっさに両手で口元を押さえる。そうしておけば、いくらファルークでもキスはできないはずだ。

だが、次の瞬間、胸の辺りがふわっと自由になった。

「え？　あ……」

　足下にバスタオルが落ちる。灯里がそのことに気づいて悲鳴を上げるより早く、ファルークに抱き寄せられていた。

「慌て者にもほどが――いや、違うな。君は私を試すつもりなのだ。だが、いくら私でもこの場で襲いかかるような真似はしないぞ」

「な、なんで、そうなるんですか⁉　こ、これは、不可抗力です！」

　彼の腕の中で反論したが、すぐさま身体を引き剝《は》がすようにしてバスルームに押し戻された。そのまま、勢いよくドアを閉められる。

　ドアの外からファルークの切羽詰まった声が聞こえてきた。

「さっさと服を着なさい。五分だ。私は外で……」

「待って！」

　灯里はドアに張りつき、ファルークに尋ねる。

「いったい、何が起こったんですか？　わたしは今からお風呂に入って、早く寝なきゃならないんです。明日も仕事なんですから。あなたの……首長殿下の気紛れに付き合ってる暇なんてありません！」

「……」

　敬称をつけて呼んだことが気に入らなかったのか、ファルークは黙り込んでしまう。

　灯里は無視するかそれとも謝るか、選択に悩んだ。

今回の来日における彼の言動には、どう考えてもおかしな点が多い。だが昔のことを思えば、そんな突飛な行動を取る人ではないのだ。理由があるならはっきりと聞いておかなくては、この先ずっと灯里を悩ませることになるだろう。

灯里がもう一度尋ねようとしたとき、

「――エレベーター内を映した防犯カメラの映像が動画サイトに投稿された」

ファルークはドア越しに早口で告げた。

一瞬、なんのことかわからなかった。だが、少しずつ灯里の頭も動き始める。

「そ、それって……ア、アレが？　あ、でも、あのときは真っ暗だったじゃないですか？　非常灯が消えたってことは、非常用のバッテリーがなくなったってことで……防犯カメラだって……」

非常灯の下、彼の膝に抱かれているところを見られるのは恥ずかしい。だが、肝心な部分は映っていないはずだ。

灯里は必死になってファルークの同意を求めたが、すぐに無駄な足掻《あが》きだと知る。

「問題はその時間ではない。電源が復活したほんの数秒間のこと――君も覚えているはずだ」

闇の中、灯里は彼の口づけから逃げようとしても逃げられず、泣きそうになったとき、眩しい光に包まれたのだ。

五秒か六秒、長くても十秒もなかったはず……。

「私の上に跨った君は、ともすれば深い悦びの最中のように見えなくもなかった」

「そんな馬鹿な！　だって、ちゃんと服を着てました！」

スキニーパンツを穿いたまま、いったいどうやってコトに及ぶと言うのだろう？

「そんなことはわかっている。だが、人というのは見たいように見るものだ。そして、期待を事実のように思い込む」

「そんな呑気なこと言ってないで、早く削除させてください!!」

「投稿されて三分で削除済みだ。だが、世界中で相当数の人間が見てしまったことは、いくら私でも削除のしようがない」

ファルークの返事に灯里は真っ青になった。

この先どうなってしまうのだろう？

女性との交際に慣れているファルークなら、たいしたことではないはずだ。だが万にひとつ、国際問題にでも発展すれば、灯里のような一般市民にはどう対処すればいいのかわからない。

（犯罪にはならないと思うんだけど……不敬罪なんて、ないわよね？）

興味半分でアリーナのことが取り沙汰されたりすれば、灯里は解雇されるかもしれない。

灯里自身のことだけでなく、堅い職業と言われる両親の仕事に影響を与えたら、なんと言って謝ればいいのだろう。あり得ないとは思うが、陽香の将来に影を落とすようなことにでもなれば……。

「──り、灯里！　私の話を聞いているのか？」

呆然とする灯里の耳に、ファルークの声が飛び込んできた。

「は、はい……聞いてます……」

「そんな泣くような声を出すものではない。犯人はすでに逮捕されており、データは回収済みだ。あの画像がふたたび人目に触れることはないと約束する。ただ、すべてが決着するにはそれなりの時間が必要だ。その間、君を安全な場所で匿《かくま》うことにした」

それは提案ではなく決定だった。

逆らおうにも、マスコミに知られてコーポの周囲に張りつかれたら大勢の人に迷惑をかける──と言われたら反論できない。

とりあえず五分もらい、慌てて服を着た灯里のもとに、陽香が旅行用のボストンバッグを片手に飛んでくる。

「ちょっと、お姉ちゃん！　首長じきじきのお迎えなんて、凄いじゃない！」

「凄いって……」

なんと説明したらいいのだろう？　ファルークは詳しいことは話さず、「灯里を迎えにきた」とだけ陽香に告げたらしい。

「ファルークって、絶対お姉ちゃんに気があると思う。身分が違うから、なんて堅いこと言ってちゃダメだよ。頑張ってね！」

そう言うと、バンッと灯里の背中を叩いた。

（な、なんか誤解してると思う。でも、ファルークとのキスシーンがネットに流れちゃって、しばらく身を隠すことになったの、なんて言ったら……）

陽香の誤解を解くどころか、さらに深めるだけだと思う。

「そうじゃないから。トルワッドにスケートリンクを造るお手伝いをするだけなの。でも、そのことは周りの人に言ったらダメよ」

「うんうん、わかってるって。あ、いろいろ用意しといたから。ファルークには何もいらないって言われたんだけど、女子には必要なものがあるでしょ？　勝負下着も入れといたから……でも、もっとちゃんとしたの買いなよ」

「いや、だから……」

陽香にボストンバッグを押しつけられつつ、灯里は眩暈を感じる。

「とにかく！　お父さんとお母さんが心配するようなことだけは言わないでよね！」

「任せといて！　ここの戸締りとか火の始末とか……あ、冷蔵庫のプリンも私が全部引き受けるから、安心していってらっしゃい」

そんな言葉で見送られ、灯里は不安を抱えたままコーポをあとにした。

☆　☆　☆

最初に向かうのは、トルワッド大使館かファルークが滞在しているホテルだろうと思っていた。

ところが、ファルークと灯里を乗せたリムジンが到着したのは羽田空港。

リムジンはそのまま機体に横づけされる。

「ファルーク……わたしを匿うって、ひょっとして国外？」

「何か問題でも？」

平然としているが、問題は大ありだ。

まさか行き先が外国とは思わず、灯里はパスポートを持ってきていない。そんな彼女が国外に出られるはずがなかった。

「パスポートを……持ってきませんでした。すみません、あの、戻っていただけますか？」

てっきり叱られると思い、ビクビクしながら告白する。

だが、ファルークの返答はたったひと言——「必要ない」だった。

「え？　じゃあ、国外に出るわけじゃないんですか？」

大型旅客機と同じタイプの飛行機には、トルワッドの国名と国旗が大きく描き込まれている。初めて間近で見る首長専用機に、灯里はなんとも言いがたい気分だ。

（これに乗って国内の空港を移動するの？　めちゃくちゃ目立つ気がする）

「そうではない。出国の手続きは済ませておいた。入国の手続きもこちらで済ませる。君はなんの心配もいらない」

ファルークの言葉に灯里は感心する。

たしか国家元首にパスポートは不要だったはずだ。だが、そのルールが同行者にまで適用されるとは知らなかった。

それ以上のことを尋ねる時間は与えてもらえず、灯里は急かされるままタラップを上り始めた。


『こちらが寝室です。お着替えも用意してございます。ごゆるりとお過ごしください』

灯里に向かって恭しい口調で言いながら、トーブを着た老齢の男性が頭を下げる。アリーナで顔を合わせたサアダーンと呼ばれていた男性だ。

ファルークに連れられて専用機に乗り込み、離陸から数分間はベルト着用のサインが出ていたので、指示されたシートに座っていた。だがサインが消えるなり、ファルークは数人の男性とともにいなくなってしまう。

置いてきぼりを喰らった気分の灯里を、案内してくれたのがサアダーンだった。

彼が話す言葉はもちろんアラビア語。だが、アリーナでファルークと話していたときより綺麗な発音だ。おそらく、ファルークの客人である灯里に対する気遣いだろう。

灯里はそんなことを考えながら、

『どうもありがとうございます《シュクラン・ジャズィーラン》』

アラビア語でお礼を言った。

すると、サアダーンは驚いたように目を見開いた。

『なんと！　灯里様は我が国の言葉を理解されるのですか？』

『父の影響で……少し、話せます』

日常会話であれば困らない程度には話せるのだが、控え目に答えてしまうのは国民性というヤツだろうか。

それでもサアダーンは興奮したように声を上げた。

『素晴らしい！　実を申せば、急なことで通訳を用意できませんでした。ファルーク様は〝必要ない〟との仰《おお》せでしたが。なるほど、こういうことでございましたか。いやいや、さすが佐伯教授はよくできたお父上だ！』

『……は、はあ……』

灯里がアラビア語を話すことで、父親の佐伯幸一郎が褒められる意味がわからない。考えられるとすれば、日本人でアラビア語を話す人がいないことに苛立っていた、ということくらいだろうか。

（でも、ここまで大げさに喜ばなくてもいいんじゃない？）

不思議に思いながらも、にこにこと愛想笑いをしてしまうのが日本人気質だ。灯里もその例に漏れず、サアダーンに向かってひたすら笑ってしまう。

『ご用がありましたら、電話の受話器をお取りください。担当の者に繋がっておりますのでな。ただし、大声で叫ばれても、部屋の外には一切聞こえませぬぞ。よろしいかな？』

『は、はい』

灯里につられたのか、サアダーンも好々爺のような笑顔を見せつつ、寝室から出て行くのだった。

ひとりになり、灯里はあらためて専用機の寝室を見回した。

どこをどう見ても飛行機の中とは思えない内装だ。窓はなく、壁には水浴びをしている裸婦画が飾られていた。天井には大きな鏡が取りつけてあり、その真下にキングサイズのベッドが置かれている。

（なんで天井に鏡？　噂に聞くラブホテルみたい……）

裸婦画の価値はわからないが、それほど下品なものには見えない。部屋の色調も、壁と天井はアイスブルー、床はグレーというクールな色に統一されていた。

豪華な造りには違いないが、なんとなく室内が寂しく見える。しばらく考え、それは調度品がほとんどないせいだと思った。

かろうじて置かれているのは、備えつけのテーブルに飾られた白い花瓶くらい。

飾られた淡いピンクの薔薇《ばら》に近寄ったとき、灯里は花瓶がしっかりとテーブルにはめ込まれていることに気づいた。

（ああ、そうか。どんなに豪華でも、ここって空の上――飛んでたんだった。普通に置い

てるだけだと、離着陸で傾いただけで倒れる気がする。それに、乱気流に巻き込まれたら……アウトよね)

納得しながら部屋の中を見て回ると、ベッドもガッチリ固定されていた。ソファセットもすべて同じようにボルトで床に留められている。

重いものほどしっかり固定しておかなければ、ずれたりしたら墜落の危機だろう。

灯里は自分の立場も忘れ、見学者気分だった。なんといっても首長専用機である。その寝室を見る機会など、もう二度とないだろう。

そんな気持ちに駆られ、奥のドアを開くと……そこは洗面室だった。

機内の洗面台らしくホテルのものより狭い。洗面ボウルも小さいタイプだ。だが、水栓金具は金色に光っており、とても金メッキには見えない。

(純金……だよね？　産油国って凄いトコにお金かけてるなぁ)

呆気に取られつつ、洗面室の隅にあるガラス張りの個室に気づいた。中を覗くと、シャワールームだった。

シャワールームのガラス戸の横には、二枚の白いバスローブが並べてフックにかけてある。灯里の目に、お揃いのバスローブが妙に艶めかしく映る。

(ファルークが女の人と一緒に使ったのかな？　それとも、この寝室は来客用？　ああ、サアダーンさんに聞いとけばよかった)

ほんの少し後悔しながら、灯里はシャワールームのドアを閉めた。

（これから、どうなるんだろう？　っていうか、この飛行機ってどこに向かってるの？）

それすらも聞いていなかったことに、灯里はどっと疲れを覚える。

洗面室から出て寝室に戻ったとき、『お着替えも用意してございます』と言っていたサアダーンの言葉を思い出した。だが、身体が重くて着替える気にもならない。

どこに行くにしても、見知らぬ土地だ。あまり気の休まる状態には置かれないだろう。だったら、ここで少しでも横になったほうがいい。

灯里はそんな答えを出して、ベッドに倒れ込む。

マットレスはほどよく硬くて気持ちいい。反面、枕はふかふかで灯里の好みにピッタリだった。

（あー気持ちいい……緊張してとても眠れそうにないけど……ちょっと横になるくらいいいよね？）

空飛ぶ寝室のベッドに横たわるなんて、これもまた、一生に一度の思い出になる。

そんな呑気なことを頭の隅でチラッと考え……シルクの寝具は灯里の緊張をしだいに解きほぐしていく。

やがて彼女は深い眠りに引きずり込まれていった。


甘い香りが灯里を包み込む。

儀式のときに嗅いだ匂い、そして、ファルークの身体からも同じ香りが漂っている。乳香の匂いだと知ったのは、つい最近のことだ。

ボンヤリした灯里の頭に、懐かしい声が聞こえてくる。

「灯里、悪かった……本当にヘビやクモは入ってこない。私がずっと起きて見張っているから、横になって眠りなさい」

それはファルークの声だが、今よりずっと若い。声のトーンは変わらないが、日本語のイントネーションや話し方が違う。

言葉の内容から、きっと十四年前の記憶なのだろう。

九歳の灯里は怖くて堪らず、ファルークの言葉にブンブンと首を振っていたように思う。足がない生き物も、反対にたくさんある生き物も苦手だ。それは大人になった今も変わらない。苦手な生き物に毒があると言われたら、とても眠るどころではないだろう。

「じゃあ、一緒に寝て。絶対に入ってこなくて安心なら、一緒に寝てくれてもいいでしょう?」

自分はファルークに対して、こんなふうに答えたのだと思う。

(これって九歳だから許されるセリフよね。今のわたしがこんなこと言ったら……)

誘惑以外の何にも聞こえない。

その直後、灯里は大きな温もりに包まれた。背後からファルークに抱き締められ、ベッドの中で寝転がっている。

十四年前、ファルークは灯里と一緒に寝たのだろうか？

もちろん変な意味ではなく、添い寝というレベルの話だ。

（でも、ファルークに添い寝してもらうなんて……九歳のときのわたしってナニサマ⁉）

自分で自分が羨ましくなり、しかも覚えていない自分が情けなくも感じた。

優しい手が灯里の髪を撫でてくれる。当時のファルークは十六歳。灯里には兄という存在がおらず、従兄もいなかった。そのため、ごく一般の高校生男子が小学生の女子をどう思い、どう扱うのかよくわからない。

だが、妹や従弟妹で想像すれば……灯里の言動はファルークにとって、実に面倒くさいものだっただろう。

（昔のファルークって本当に理想の王子様だったのに。それが今は、避妊具がどうとか言うようになっちゃって……これが大人になるってことなのかなぁ）

なんとなく残念な気持ちになったとき、片方の手が灯里の肩を撫でた。肩から首筋を何度も往復して、やがて髪を除けられ、首筋に熱いものが押し当てられる。

「ぁ……やぁ、ん……ふ……」

首筋を吸われているみたいだ。

ファルークの情熱的なキスを思い出し、灯里は吐息を零していた。

肩の辺りにあった手は背中から脇に移動し、そのまま、彼女の胸に伸びてくる。背後から回された手が、ゆっくりゆっくりと胸を揉み始めた。

（これって、夢よね？　だって、十四年前にこんなことされたはずないし。ということは、今の、わたしの願望……とか？）

灯里は夢の中とはいえ恥ずかしくて、身体を大きくくねらせた。すると、家を出るときに急いで着てきたマキシ丈のニットワンピースが膝上まで捲れ上がる。

素足がシーツに触れ、サラサラしていて気持ちいい。

すると、ワンピースの裾がどんどん捲れてきて、とうとう太ももまでシーツに触れたのだ。

（ワンピースが勝手に捲れるわけない、と思うんだけど）

太ももに温かい何かが当たる。熱くもなく、冷たくもない……そう、ちょうど人肌と言えばいいような温もり。

その温もりが、さわさわと灯里の太ももを撫でた。

「や……やんっ……やだってば、もう……」

腰の辺りがスースーする。ワンピースは胸までたくし上げられ、そのまま頭も通過していく。灯里はいつの間にか仰向けにされ、万歳をした格好で、両腕を頭の上まで引っ張り上げられていた。

腕が自由に動かない。灯里の胸に不安と疑問がよぎったとき、誰かが覆いかぶさってきた。

驚いて悲鳴を上げそうになる唇をキスで塞がれる。

同時に、大きな手がブラジャーを上にずらし、露わになった胸を触り始めた。

(こ、これ……これって、ホントーに夢⁉　現実なんじゃないの⁉　だって、息苦しいんですけど……)

頭の中がパニックになりかけたとき、胸を触る指先の優しく繊細な動きに何かを思い出しかけた。

それはほんの数時間前の経験。初めてキスされて、初めてニットの上から胸を揉まれたときと同じ感覚。灯里はとっさに、自分に触れている指の主はファルークだと思った。

唇が自由になり、代わって首筋につい先ほどと同じ刺激が走る。

「あっ……やぁん、あっんんっ」

背筋を反らし、身体がビクンと震えた。

次の瞬間、灯里はパッと目を開く。

室内の明かりは、灯里がベッドに飛び込む前に比べると若干暗くなっていた。光量のボリュームを少し絞ったような淡いオレンジ色の光が、アイスブルーの壁や天井をボンヤリと照らしている。

とはいえ、エレベーター内の非常灯のような薄暗さはない。天井の鏡には白い塊が映り、その下敷きになっている彼女自身の顔も、はっきりと見えた。

だが、腕が上がったまま動かせないのはなぜだろう?

鏡を睨んだまま目を凝らすと、ネイビーブルーのニットのワンピースが頭の上で丸まっている。

(なんで？　わたし……ひょっとしてワンピを脱いでるってこと？　その下って、ブラとショーツだけだったような……)

しっかりと見えているのに、ちゃんと理解できずにいる。

あるいは、灯里の心が〝理解したくない〟と思っているのか……。

「目を覚ましたようだな。だが、そのまま楽にしていればいい」

ファルークの声が聞こえた。

白い塊はトーブを着たファルークだった。彼はとくに慌てる様子もなく、ごく自然に灯里の上に乗っている。

灯里には自分の置かれた状況がよくわからない。だが、とにかく抵抗しようとした。

「ら、ら、楽……って、楽にし、してって……」

至近距離で覗き込んできた瞳の奥に、鮮やかなグリーンが見える。彼のまなざしは少し緊張しているようだ。

だが彼女の声を聞くなり、その張り詰めた気配がフッと緩んだ。

「次は〝ド〟に戻るのか？」

「だから……そうじゃ、ないです……」

「可愛い胸だ。張りがあって、敏感で、私の掌にすっぽりと収まる」

言われて初めて気づいた。彼の手がじかに胸を触っていることに。撫でさすったあと、掌を押しつけて回し始める。その力は、しだいに強くなっていく。

痛みを感じそうになった瞬間に引き、また優しい愛撫から始める。それは絶妙のタイミングだった。

（やっぱり、凄く慣れてるんだ。何人もの女の人と……もしかしたら、このベッドでも）

そう思うと、心地よかったベッドのスプリングやシーツの肌触りも、とたんに胸の痛みに変わる。

「やぁ……いや、です……もう、やめ……あっ、クッ……はぁう！」

灯里が拒絶しようとしたとき、ファルークの唇が胸の先端を捉えた。チューッと音を立てて吸い、尖って敏感になった部分に軽く歯を立てる。

背筋に電気が走ったような、ピリピリした感覚。全身が小刻みに震え、四肢に力が入る。爪先までピンと張り、自由にならない両手はワンピースをギュッと摑んだ。

「これはまた……予想以上の反応だ。この分なら、下はもっと開発されているのだろうな？」

灯里はハアハアと肩で息をしながら、ファルークの顔を見た。

こちらを見下ろす目はグリーンが薄くなり、淡い茶色に覆われていくようだ。その茶色も光の加減でさらに薄くなり、琥珀色のように見えなくもない。

そのせいか、ファルークの感情がまったくわからなかった。

穏やかで優しいと思い続けてきたけれど、本当は違うのかもしれない。今も、何を指して「予想以上」なのか、そして灯里の何が「開発されている」と言うのだろうか？

「……もう、やめてください……手を……あっ、ファルーク!?」

こんな格好のままでは、どうにも落ちつかない。恥ずかしいが、一旦ワンピースを脱いで、できればシャワーを使わせてもらいたい。

そもそも、どうしてファルークはこんなことを始めたのだろう？

(きちんと納得できるように説明してもらわなきゃ！　国家元首は偉いのかもしれないけど……でも、たとえシーク様だって、こんなのはあんまりだもの)

灯里は羞恥心を怒りにすり替えるようにして、ファルークに文句を言うつもりでいた。

ところが、彼は思ってもみない行動に出たのだ。

たった今まで胸に触れていた手を、下腹に置いた。柔肌を軽く擦りつつ、彼の右手はショーツの中へ滑り込んでいく。

「きゃっ！　待って、ねえ……ファルーク……ファ……あぁっ！」

長い指がショーツの下を器用に進んでいく。茂みをまさぐり、指に巻きつけながら、軽く引っ張った。その動作は灯里の反応を楽しんでいるかのようだ。

灯里が声も出せずにいると、ファルークは掌を彼女の秘所に押し当ててきた。そのままゆったりと撫で擦る。男性にそんな場所を触られたのは初めてのこと。しかも片思いの相手となれば、灯里には抵抗らしい抵抗もできない。

さらに、ファルークはこの行為に素晴らしく長けているらしい。何も知らない灯里の官能を、瞬く間に煽り立て、悦びを教え込んでいく。

「んっ……ぁふ……やぁ、ぁ、あ、あっ……あんっ」

温かい掌全体で割れ目をゆっくりと撫でる。ねっとりした愛撫に下腹部がじわじわと火照り、灯里は緩やかに昇り詰めていった。

「ずいぶんと気持ちよさそうだな。さて……中と外、どちらで達《い》きたい？　君の好きなほうを選ぶがいい」

ファルークは少し苛立ったように尋ねてくる。

だが、灯里には質問の意味もわからない。

「どっちでも……いい、から……も、やめ……あ」

とにかく触るのをやめてほしかった。

そんなつもりで口にした言葉を、ファルークは別の意味に受け取ったみたいだ。

「なるほど、どっちも、とは恐れ入る」

「ちが……そんな……やぁ、んっ」

ショーツの中で蠢《うごめ》く指が、灯里の花びらを押し広げた。左右に開いて、中央にある花芯を剝き出しにする。中指が花芯を捉えたとき、下腹部が引き攣《つ》るように痺れた。ズキンとして、躰の奥から何かが溢れてくる。

「もう、こんなに硬くして……そんなにココがいいのか？」

言いながら、淫芽を二本の指で挟んだ。

そんな恥ずかしい場所をファルークにいじられ、しかも気持ちよさを感じている自分が信じられない。灯里は必死に首を左右に振る。

「やっ、そうじゃ……なくて、お願い待って……待っ、あ、あっ、ダメッ」

それ以上、彼の指が奥まで進んでこないように、ギュッと脚を閉じた。

だがそんなことでは、指の侵入を防げることはできないのだと知る。ファルークの長い指はさらに奥まで差し込まれ、灯里の躰から零れ落ちた蜜をすくった。

「この分なら、エレベーターの中でも相当感じていたのだろうな。本当はあの場で抱かれたかったのだろう？　正直に白状したまえ」

ふいに厳しく問い詰められ、灯里は驚いてファルークの顔を見た。

彼女を見下ろすまなざしはあまりに冷ややかで、背筋がゾクッとする。

（どうして……こんな目で見られなきゃいけないの？　まるで、わたしのことを軽蔑してるみたい）

理不尽な思いに駆られ、灯里は睨み返そうとした。

その直後、ファルークの指がふたたび激しく動き始めたのだ。

「あ……や、やだ……やめて、もう、やめてくださいっ！　お願い、も……ああっ、やぁ……あぅ……いやあーっ！」

冷ややかなまなざしを向けられ、侮蔑《ぶべつ》されながら、これ以上ないほど親密な愛撫を受けている。

ショーツの中を触られるなんて、愛し合うふたりの間でこそ許される行為だ。灯里自身も愛する男性に触れてほしいと願っていた。

だが、ファルークのまなざしには、灯里に対する愛情など微塵も感じられない。

それとも彼の社会では、セックスはただの快楽を得るためだけに行うのが普通なのだろうか?

武骨な指が蜜のとば口に触れ、溢れ出るとろとろの液体を秘められた部分に塗り込めていく。何度も何度も往復して、花芯にまで蜜をこすりつけられ……。

「やっ、いやな、の……いやっ……ぁ、あ、あっ、あーっ!」

されるがままになるのは嫌だった。懸命に逃げようとするが、灯里にとって初めて味わう快感が、彼女を否応なしに高みへと押し上げた。

それは、胸の先端を吸われたときとは比べものにならない。

脚の間に温もりを感じ、堪えきれずに太ももを擦り合わせていた。

(これから……わたし、どうなるの? ファルークはこれ以上のことを……)

この先に進むとすれば、それは避妊具が必要となる行為以外にない。

ファルークのことは好きだが、愛されていないのにそんな真似はできない。こんな破廉恥なことをされても、彼はそんないい加減な男性ではない、と今も信じている。

灯里はそのことだけは伝えておこうと口を開いた。

「ファ……ファルーク……あの……」

いきなり、ファルークの手がショーツから抜かれた。彼は怒ったように灯里の身体から離れ、ベッド脇に立つ。

「灯里……君がここまで淫らな女に成り果てているとは、思ってもみなかった」

「は？」

「まさか、三年前にはすでに男を知っていたのか⁉　もしそうなら、私は……」

彼は拳を握り締め、心の底から悔しそうな顔をする。

「いい加減にしてください！　み……淫らなことを、してきたのは……あなたのほうじゃないですか⁉　どうして、わたしが怒られなきゃならないんですか？」

灯里はびっくりして身体を起こし、ファルークに背中を向けてワンピースを腕から外す。とんでもなく間の抜けた格好だが、これを外さないことには前を隠すこともできないのだ。

「指で触られただけで、絶頂に達したのは誰だ？　下着まで濡らして、恥ずかしくはないのか？」

ファルークの指で触られていたとき、脚の間に温もりを感じた。それが、彼の指が離れてほんの数分経っただけで、感じるのは冷ややかなショーツのぬめり。

灯里はワンピースで前を隠しながら、両脚をギュッと合わせた。

自分でも思いがけない反応をしてしまったのはたしかだが、まさかファルークにそれを責められるとは思わなかった。家に帰りたい――と叫んで飛び出したい気分だ。ここが高度一万フィートを軽く超えた空の上でさえなければ。

灯里はグッと唇を噛み締め、ベッドから下りようとした。

「佐伯教授はご存じなのか？」

唐突に父のことを言われ、話を逸らされたみたいで、ファルークに対する不信感が募っていく。

「なんの……ことでしょうか？　あ、あなたが……こんなに、いやらしい人だとは、知らないと思いますけど……。わたしも、全然思いませんでした。ベッドで寝てるところを、い、いきなり……触られて、文句を言われるなんて」

背中を向けたまま、思いつく限りの嫌みを言ってみる。

すると、背後からクッと笑い声が聞こえ……。

「それは無垢《むく》な娘のセリフだな」

床に足を下ろし、立ち上がると同時に彼女は振り返った。ファルークの顔には冷笑が浮かんでいる。

灯里はカッとして、思わず叫んでいた。

「なんですか、それって!?　もういいです。日本に……引き返してください。わたし、どこにも行きませんから。だって、あなたの傍って……ぜんぜん安全じゃないものっ!!」

「君は、自分が何時間寝ていたと思っている？　もう引き返すことなど不可能だ。嫌でもあと数時間、この寝室にふたりきりでいることになる」

思わず、胸元で押さえたワンピースを落としそうになった。

ずっと憧れ続けた、誠実な理想の王子様とはかけ離れてしまったファルーク。そんな彼とこれ以上ふたりきりでいたら、このままでは済まないだろう。

灯里が初めてだと告げても、この調子なら信用してくれそうにない。

(ファルークならいいかもって思ってきたけど、こんなファルークは絶対にいや!!)

ベッドから――ファルークから離れようと、灯里はゆっくり後退する。

「警戒はしなくていい。無用な危険は冒さないと言ったはずだ。これ以上の行為は、私からは求めない。ただし、君のほうから求めるなら話は別だ」

「求めません!!」

即答すると、ファルークは軽く両手を挙げ、〝了解〟とばかりに首を振った。

「わたし、シャワーを使わせてもらいます」

「好きに使いなさい。私の承諾を得る必要はない」

疲れたような彼の声を聞きながら、灯里は気になっていたことを尋ねた。

「この飛行機って……どこに向かってるんですか?」

自分は何時間寝ていたのだろうか。そしてあと何時間、ここにふたりでいなければならないのか。そんなことも気になったが、一番は目的地だろう。

そんな灯里にファルークは驚いたような視線を向けた。

「サアダーンから聞かなかったのか? 目的地はナーマ国際空港――我が祖国、トルワッド国の首都だ」

第四章　シークの誤算

ナーマ国際空港から車で約三十分の場所に首長公邸がある。アラビア湾に面した新しい白亜の建物だ。内閣会議や族長会議などはすべてその建物内で行う。

そして、トルワッド国内におけるファルークの公務の七割方は、首長公邸で行われていた。

ファルークは空港で灯里とは別の車に乗り、その首長公邸に向かった。

灯里はファルークの私邸であるジナーフ宮殿に向かったはずだ。ジナーフ宮殿は、空港を出て海に向かう首長公邸とは逆の方向、砂漠の近くにある。

本来なら同行するべきだったが、ファルークにはどうしてもできなかった。

海岸沿いを走る車窓から彼はぼんやりと外を眺める。

コンクリートの堤防にきちんと舗装された歩道、歩道脇には緑の芝生とあちこちに植えられた椰子《やし》の木が目に映る。その景色は、砂漠の国と言われるトルワッドのイメージから、かけ離れたものだ。

この十年で首都ナーマ近郊は恐ろしいほど変わった。

（いや、十年も経てば変わるのは当然だ。景色だけではなく、人も変わる）

エレベーターから解放され、灯里を病院に届けたあとのことを思い出し、ファルークは大きなため息をついた。


『二度と会わない――そう聞いた覚えがあるのですが、気のせいですかな？』

エレベーターから救出され、灯里を病院で降ろした直後、サアダーンから言われた言葉だった。

サアダーンの辛辣な嫌みはそれだけにとどまらず……。

『大勢の見物人を集めてしまった責任は私にあります。若い男女がふたりきりで、一時間近くもエレベーターの中に閉じ込められていたのですからな。のっぴきならぬ事態を想定しておくべきでした。ええ、〝殿下に限って〟と思ってしまった私の失態です』

扉が開いた瞬間のふたりの表情と、警備員を怒鳴りつけたファルークの対応に、サアダーンはすべてを察したらしい。

ファルークは頭の中で幾つかの言い訳を考えたが、そのすべてを却下した。

生まれたときからファルークを見てきたサアダーンに、口先だけのごまかしが通用するはずがない。

結果的に、言い訳は口にしなくて正解だった。

なぜなら、その二時間後には灯里とのキスシーンがインターネットに掲載され、サアダーンの目に触れることになったのだから。

犯人はファルークが怒鳴りつけた警備員だった。

彼は非常用のバッテリーで録画された画像と、電源が復活してすぐに録画されていた画像をどさくさに紛れてコピーしたという。以前から好意を寄せていた灯里のキスシーンにショックを受けたことと、傲岸不遜《ごうがんふそん》なファルークに対する仕返しの意味もあった。

しかし、わずか三分間の報復の代償として彼には前科がついた。

そして生涯に亘り、国家レベルの要注意人物として観察対象となるのだから、愚か者以外の呼び名が思いつかない。

『ああいったことが悪いとは言いませんぞ。むしろ、どんどん頑張っていただきたいものだ。しかし、人の目に触れる場所で行うことではない。殿下ともあろう方が、たったひとりの女に振り回されるとは……』

まさかファルークの破廉恥な映像を目にする日がくるとは、実に情けないとサアダーンの不満が続く。

サアダーンに対して言い訳などする気はない。

だが——。

『灯里はただの〝女〟ではない……〝妻〟だ』

ファルークは心の中で呟いたつもりだった。

『殿下……』

サアダーンの反応に、自分が声に出していたことに気づき、ファルークはハッとする。

『いや、いかなる前言も撤回しない。私はただ……最後にもう一度、灯里に会いたかった。

――それだけだ』

ファルークは自分の言葉に、打ち消しきれない胸の痛みを感じていた。


(最後の一度が……とんでもないことになってしまった)

ファルークは執務室に入るなり、イガールごとグトラを剝ぎ取るようにして、黒いソファの上に放り投げた。砂色の髪は後ろでひとつに結ばれている。彼は髪を結んだ白い紐をほどき、頭を左右に振った。

淡い金色の髪が肩に流れ、同時に、疲れきった風情で椅子に座り込む。

彼は使い込まれたマホガニーのデスクに両肘をつき、深いため息とともに頭を抱え込んだ。

きっかけは、エレベーターの緊急停止だ。

いくら想定外のトラブルが起こったとはいえ、灯里に対して欲情を露わにするなど、自らに許すつもりはなかった。

灯里の動揺を抑えるためのキス。それだけのはずが、暗闇の中、ファルーク自身にも制しきれないほどキスは深まっていった。

彼女のキスは拙く、唇を開く仕草も実に初々しくて……。

だが、ファルークが引こうとしたら追いかけてきて、より深い口づけにも嬉々として応じてくれた。それもファルークの上に乗り、彼女自身が腰を揺らすほどに。

灯里の姿を思い出すだけで、下腹部に熱が生じてくる。そんなことは十代のころでも経験したことがない。

（あのキスのせいだ。エレベーターで知った彼女の唇が忘れられず、無防備に眠る灯里を見ているだけで、触れずにいられなくなるとは）

ベッドの上に横たわる彼女を見たとき、軽い失望を禁じ得なかった。

男と一緒にベッドを使うことに、なんの抵抗も感じていない。灯里はそういう女になってしまったのだ、と。

だがそれは、ファルークの理想を強引に押しつけているだけにすぎない。

灯里には「すべてが決着するにはそれなりの時間が必要」「その間、君を安全な場所で匿う」などと言って連れ出した。

しかし、実を言えばそんな単純な状況ではない。

一国の元首という立場にあるファルークが日本の一民間女性とふたりきりでエレベータ

ーに閉じ込められた。そのことが広まれば、ふたりの画像がインターネットに掲載されることがあるかもしれない。

まさか、それが防犯カメラの画像とは思わなかったが……。

とにかく、あらかじめ監視させていたことで、異常な速さで掲載を止めることができたのは幸いだった。

だがそれには、トルワッド国の国家権力を使う必要が生じたのだ。

そのためには我が国における灯里の正式な身分を公表しなくてはならない。そうしなくては、灯里自身が両国から取調べを受けたり、監視や観察の対象になったりしてしまう。

むろんこれまでも、ファルークの日本における協力者一家として佐伯家の人間が保護されていたのは事実だ。しかしそれは、あくまで佐伯幸一郎の長女としての扱いにすぎない。

決断を迫られたとき、ファルークの胸によぎったのは「これで灯里を妻として公表できる」という高揚感だった。

彼女の名誉を守るために公表せざるを得なかった、と言えば幸一郎との約束を破ることにはならない。

浮き立つ思いに駆られて、ついつい自ら灯里のコーポまで迎えに行ってしまった。

ところが、彼女の顔を見たとたん、別の種類の感情が胸に湧き上がってきてしまう。

例の警備員があそこまで愚かな真似をしたのは、ひょっとしたら彼女と深い関係にあったせいではないか、と。

挙げ句の果てには、アリーナの支配人がファルークから灯里を隠そうとしたことにも、男女の恋情が絡んでいるのかも……などと疑い始めればきりがない。

昔のように、優しく思いやり深く接したいと思いつつ……。

顔を見れば欲情を覚え、自制できずに触れてしまう。

そして灯里の反応に男の影を感じ、行為に没頭するどころか、苛立ちばかりが募ってしまうのだ。

（その苛々を彼女にぶつけて怒らせるとは……なんという、狭量さだ）

頭はしだいに重くなり、手で支えきれなくなる。

ファルークは赤褐色《せきかっしょく》の天板に、額をゴンとぶつけた。

灯里には日本人女性として、相応の恋愛をして結婚して欲しい。そう望んで、三年前に彼女から身を引いたはずだった。

（あのとき、すでに無垢ではなくなっていたのか？　ならばいっそ、もっと早く手を出していたら……いや、違う。そうではないだろう！）

自らを殴るように、二度、三度と天板に額をぶつける。

ファルークの人生において、自らの欲望を満たすことは重要なことではない。

その欲望の中には当然、性欲も含まれている。常に彼自身の望みは二の次。そしてそれは、とくに難しいことではなかった――これまでは。

今の彼は苦しいまでに灯里を欲している。

悩む必要はない。〝妻〟なのだから、手に入れても罰は当たらないはずだ。充分なゆとりを持って彼女にあらためて求婚し、心ゆくまで求め合えばいい。

そう思いながらも、〝妻〟の純潔が自分のものではない、という事実を受け入れることができずにいる。

ファルークは勢いをつけて椅子から立ち上がった。

（こんなことではいけない。少し、灯里のことは忘れよう）

頭を振ったとき、窓から吹き込む爽やかな海風を感じた。

彼は引き寄せられるように、開いたままの窓に近づく。窓の向こうには椰子の並木が見える。並木の先にあるのは首長公邸のビーチだ。そこは基本的に、首長であるファルークのプライベートビーチだった。

他にもファルークが個人的に利用できるビーチはたくさんあるが、公務以外で利用したことは一度もない。

（泳ぐにはちょうどよい季節だな）

トルワッドのビーチは年中泳ぐことができる。だが、十二月、一月辺りはそれなりに水温が下がる。逆に六月に入れば昼間の気温が四十度を超えてくるため、遊ぶ時間帯を考えなくてはならない。

今の時期は日本の夏に近く、日本人が遊ぶには最適だった。

（……灯里を連れて行けば、喜ぶだろうか？）

ふと頭に浮かび、ファルークは苦笑する。

気分転換に違うことを考えようとしても、ごく自然に灯里のことを考え始める自分がいる。彼は両腕を組み、窓枠にもたれかかるようにして目を閉じた。

諦めて、ひたすら灯里のことを考え続けるか、あるいは……。

もうひとつの選択肢――すぐさまジナーフ宮殿に駆けつける、という案が思い浮かんだとき、ひとつしかない出入り口の扉がノックされた。


『しかし……驚きました』

ファルークの前に立つのはトルワッド軍の参謀長イシュクだ。

トルワッド軍は陸海空軍から成り立つが、総兵力は一万人を少し超えた程度。首長であるファルークが総司令官を務める。そのため、実際のところはこのイシュクが軍のトップだった。

イシュクはファルークより五歳年上で、同じアル＝サティーヤ族の人間だ。身長はファルークより少し低いのだが、恰幅がよいせいか逆に少し高く見られることのほうが多い。肌の色は濃く、立派な髭をたくわえている。

慎重かつ大胆、融通の利く男でファルークの信頼も厚い。政府関係者からはファルークの右腕と呼ばれていた。

灯里との結婚は、そのイシュクにも知らせていなかったこと。

彼は率直に驚きの言葉を口にしたのだった。

『おまえに黙っていたことは、悪気ではない。アル＝サティーヤ族で結婚に立ち会った者のうち、今も生きているのはサアダーンただひとりだ。そもそも、首長に選ばれなければ公表することはなかっただろう』

『もちろん承知しております。クーデターが起こったとき、自分は二十歳の学生でした。隣国に留め置かれ、丸二年も出国すら認められず……』

イシュクの父親はクーデター当時、閣僚のひとりに名を連ねていた。そして五年にも及ぶ内乱で、命を落としたひとりでもあった。

『殿下がミーラード様を連れて日本に逃れられたと聞いたとき、どんな手を使ったのだろう、と不思議に思っていました。まさか婚姻を結んで、一時、トルワッド国籍から離れたとは』

叶うなら、ミーラードの手術が終わりしだい、ファルークはトルワッドに戻るつもりでいた。クーデター軍に命を狙われ戦っている同胞がいるのに、自分だけ安全圏に逃げたままではいられない。

だが、出国も困難だったが、入国はさらに困難で……。

『私はミーラードのためとはいえ、一度は国を捨てた男だ。首長にふさわしいとは思えぬな』

ファルークの言葉に血相を変えたのはイシュクのほうだ。

『何をおっしゃいます！　アジアのみならず、欧米諸国を回り、殿下が諸外国の協力を取りつけてくださったからこそ、クーデター政府を倒せたのです！　殿下ほど、この国の首長にふさわしい方はおられません』

イシュクは力強く宣言するが、ふいに声が小さくなる。

『ですが……このたびのご結婚につきまして、いささか問題が生じております』

『灯里は真面目で優秀だ。性格も明るく、健康にも問題はない』

流れるように答えるが、イシュクが口にしたのは別のことだった。

『問題は年齢でございます』

『二十三歳の彼女にどんな問題があると言うのだ？』

『もちろん現在の年齢に問題はございません。ただ、結婚時に九歳という年齢は……児童に対する虐待《ぎゃくたい》ではないか、と。先進諸国より問い合わせが殺到しております』

やはりきたか――ファルークは心の中でそう呟いた。

十四年前の結婚は我が国の法律では充分に成立している。ただひとつ、ファルークは灯里とテントで初夜を過ごしたが、当然ながら事実上の性的関係には至っていない。

その点を強く主張すれば、あの儀式は結婚ではなく婚約。ファルークはいまだ独身と言い張ることも可能だった。

ファルークがその説明をすると、

『では早速、その方向で記者発表を――』

イシュクは言いながら執務室から出て行こうとする。

それをファルークが引き止めた。

『それは駄目だ。砂漠の男が口にした神への誓いは、どんな理由があっても覆していいものではない』

『たしかに、立派なお考えです。しかし首長殿下となられた以上、立場にふさわしい女性を娶る義務が……』

『言葉を慎め、イシュク！　妻を侮辱されて、私が黙っているような男に見えるか!?』

ファルークの叱声を聞くなり、イシュクはすぐさま両膝を床についた。

『お許しください、殿下。しかし、そうなればどのような対応を？』

最良の手段は、ファルークと灯里が揃って会見を開くことだろう。

十四年前の真実を正直に告白する。その上で、ふたりは長きに亘って愛を育み、このたび国際法に照らし合わせても問題のない正式な結婚に至った、そう宣言すればいい。

そのためには、まず灯里本人にこの結婚を承諾させることなのだが……。

（機内でその話をするつもりだったのだ。それが……灯里の寝顔に見惚れてしまったばかりに）

着陸態勢に入るまで、灯里は洗面室に籠もったままだった。

その灯里と同じ車に乗ることができず、彼女をサアダーンに任せて、ファルークは首長公邸に来てしまったのである。

考えれば考えるほど、墓穴を掘っている気がしてならない。

『あの、殿下？　ご命令を』

ファルークは息を吐きながら、小さな声で命じた。

『現在調査中……詳細が判明ししだい発表する』

その返答にイシュクは目を丸くする。

『え？　あ、いや、しかし……殿下ご自身が、首長夫人の扱いで出入国手続きをされておりますので……』

イシュクの言うとおりだった。

灯里はパスポートのことを気にしていたが、本来、そう簡単に手配できるものではない。それを可能にしたのは、灯里がファルークの妻であることを認めた、トルワッド国の正式な書類が揃っていたためだ。

当初の目的が達成されたとき、即刻連れ帰るための書類だった。

『十四年前のことを調査するには時間がかかる。広報や外務省にはそう伝えておけ。とにかく、私はジナーフ宮殿に戻る』

ファルークは前髪をかき上げると、ソファに投げたグトラとイガールを摑み、部屋から出て行こうとする。

そのとき、ちらりと見たイシュクの横顔が、笑いを堪えていることに気づいた。

『イシュク、私の言ったことはそんなにおかしいか？』

『いいえ。ただ――空港からジナーフ宮殿に向かわれるご予定を、急遽《きゅうきょ》変更して公邸に来られた。そして、何もなされないまま、ジナーフ宮殿に戻られるとの仰せ。日本に同行した者から聞きました。〝女性と親密な時間〟を過ごされる殿下を初めて拝見した、と』

『……』

灯里のコーポで夜を過ごしたときのことか。あるいはエレベーターの中でのことを言っているのか。それとも、機内で数時間寝室に閉じ籠もっていたことか。

思い当たることだらけで、ファルークは口を結んで黙り込む。

『閣僚と国内のマスコミは自分が抑えます。存分に調査なさってください。結果がよいものであることを、心より願っております』

イシュクの援護が頼もしく思え、ファルークは肩の力を抜いた。

『ありがたい言葉だが……イシュク、それでは私がこれまで〝女性と親密な時間〟を持ったことがないように聞こえるぞ』

『失礼いたしました。首長に就かれる前の殿下は、精力的に仕事をこなされる反面、プライベートは禁欲的に過ごされているように思えましたもので』

その予想はあながち外れてはいない。

とくにこの三年間、ファルークは外交に重点を置き、世界中を奔走していた。個人的に女性と食事をしたことすら、ゼロではないが覚えてはいない。

『イシュク……いや、いい。あとのことは頼む』

ほんの一瞬、妻子のいるイシュクにファルークが持て余している苛立ちの解決方法を相談しようかとも思った。だがそれは、灯里の不貞を言いふらすことになってしまう。

ファルークは胸の内にとどめ、そのまま首長公邸をあとにした。

そして約三十分後——ジナーフ宮殿に到着したファルークを待ち構えていたのは、美しく着飾った灯里の、怒りを露わにした姿だった。

☆　☆　☆

ファルークから向けられる、蔑みのまなざしの意味がわからない。

好きな人に優しくされ、キスされたら……普通は期待してしまうものではないだろうか。身体に触れられるうちに気持ちよくなり、快楽に流されてしまう灯里を軽蔑すると言うなら、触れてくるファルークにも責任はあると思う。

機内でシャワーを浴びたあと、寝室のファルークに文句を言おうと考え……やめにした。

今のファルークは少し怖い。灯里を嘲笑《ちょうしょう》しながら、キスしてくるファルークの気持ちがわからない。その挙げ句に身体を撫で回され、服を脱がされて大事な部分まで弄ばれてしまった。

彼は吐き捨てるように「これ以上の行為は、私からは求めない」と言ったが、今のファルークの言葉など、とても信じられるものではない。

結局、灯里は洗面室から出ることができず……。

「着陸態勢に入る。決められた椅子に着席し、ベルトを締めなさい」

ファルークにそう言われるまで、洗面室を占領したのだった。

そして空港に到着後は、一度もファルークの顔は見ていない。

サアダーンがやって来て灯里をリムジンに案内してくれ、連れて行かれたのがエメラルドのように煌めく宮殿だった。


「ようこそ、トルワッドへ」

まるでお上りさんのように、灯里はポカンと口を開けたまま、吹き抜けの高い天井を見上げていた。そんな彼女の耳に、いきなり日本語が飛び込んでくる。

「あ、いえ、こちらこそ、突然お邪魔してしまって……え？」

目の前に立っていたのは、栗色の髪をしたビスクドールのように美しい女性。

彼女はフレンチ袖のピンクベージュのワンピースを着ていた。膝が隠れる程度の丈で、綺麗なふくらはぎや細い足首が見える。灯里より小柄だが、出るべきところはしっかり出ていた。

(羨ましいスタイル……でも、こんな格好しててもいいんだ)

空港や車窓越しに見かけた地元女性は黒一色だった。

同乗していたサアダーンに尋ねたところ、地元女性は外出の際、長袖の黒いロング丈ワンピース——アバヤを着て、頭をすっぽり覆う黒いスカーフ——ヒジャブをかぶるという答えが返ってきた。

アバヤを着用していないのは外国人女性のみ、とのこと。ならば、この豪華な宮殿で灯里を出迎えてくれた女性はいったい何者なのだろう?

(ひょっとして、ファルークの奥さん……のひとり、とか? ここって、まさかハーレム⁉)

灯里はにわかにパニックに陥る。

「驚きましたか? 日本にいた四年間で覚えました。でも、十年くらい日本の人と話していないので、何か間違っているかもしれません」

ということは、十年前まで四年間日本にいた人物。

「あ、の……ひょっとして、ミーラード様ですか? ファルーク……殿下の妹の」

「そうです。日本にいたとき、一度も会えませんでしたね。最後にお礼を言いたかったのに、わたくしは人前に出てはダメと言われました」

そう言えば、灯里もお見舞いに行きたいとファルークに頼んだことがあった。だが、安全上の問題と言われ、諦めたことを思い出す。

「いえいえ、とんでもない。あ、初めてお目にかかります、佐伯灯里です。ミーラード様がお元気になられて、本当によかったです！」

灯里は姿勢を正し、慌てて丁寧に頭を下げる。

たしか、ミーラードは灯里より一歳年下の二十二歳だったはずだ。だが大人びた顔つきといい、女らしいスタイルといい、とても年下には見えなかった。

ついつい、ニットのワンピースの胸元を押さえながら、意味もなく胸を張ってしまう。

「ありがとうございます。本当に、灯里様にはお礼の言葉しかございません。今回、こうしてトルワッドまで来ていただけて……わたくしはあなたの味方ですから」

「い、いいえ、とんでもない……そんな……」

（灯里、様って呼んだ？　それに〝味方〟って……）

ミーラードの言葉に違和感を覚えつつ、ファルークは灯里のことを彼女になんと告げたのだろう、と考えた。

いくらなんでも――故障したエレベーターに乗り合わせていたとき、思わずキスしてしまった。その映像がインターネットに投稿されてしまったから、落ちつくまで本国に連れて来ることにした――なんてことまで正直に話してはいないはずだ。

「ああ、そうだわ。ミーラード様はやめてください。呼び捨てで充分ですよ」

「はい。あ、わたしのほうこそ、敬称なんてつけないでください。灯里って呼んでもらえたら」

どう考えても灯里のような一般市民に「様」は不要だろう。

そう言おうとしたとき、ミーラードの背後に控えるアバヤ姿の女性が声を上げた。

『ミーラード様、たとえ日本語であっても、灯里様への呼びかけには、きちんと首長殿下の許可を取ってからになさってくださいませ』

重々しい口調はサアダーンを思い出させる。

『わかりました。アミナはお風呂の用意をしてちょうだい。灯里様は到着されたばかりでお疲れでしょうから。お着替えの用意も忘れずにね』

ミーラードの言葉にアミナと呼ばれた女性は深々と頭を下げたあと、宮殿の奥に消えていった。だが他にもアバヤ姿の女性が数人、ミーラードの傍らに控えている。

(さすが一国の王女様！　でも、アバヤって誰が誰だかわからなくならないのかしら？)

そんなことを真剣に心配してしまう。

「さっきの女性——アミナさんも、サアダーンさんと同じようなアラビア語を話されるんですね」

灯里が尋ねると、パッとミーラードの表情と口調が変わった。

「ええ、そうよ。ふたりとも六十歳を過ぎていて、アル＝サティーヤ族のイントネーションが取れないの。若い人は比較的、ナーマのイントネーションに馴染んでいるのだけど」

アミナは灯里の母より年上のようだ。

ミーラードが言うには……アミナの場合、日本語は理解しているくせに、絶対に話そうとしないらしい。彼女は長くこの宮殿の女官長を務めており、宮殿内では首長のファルークですら強く出られない相手だった。

「わたくしたちの母か祖母の代わりになろうとしているのよ。アミナのことは嫌いではないのだけれど……」

そう言って口を尖らせるミーラードは十代の少女に見えた。

彼女は続けて宮殿のことを話し始めた。

この宮殿はシーク・ファルークの私邸でジナーフ宮殿と言った。ジナーフとは〝翼〟の意味があり、鷹《たか》のような大型の鳥が大きく翼を広げている宮殿の構造から名付けられたという。

灯里たちが今いる正面玄関は、鳥の頭部分に当たる。そこから真っ直ぐ進んだ突き当たりに大広間があり、公賓《こうひん》を招いた非公式の午餐会や舞踏会を行う。三階四階部分には二十室を超える客間も用意されていた。私邸とはいえ、鳥の胴体に相当する部分は公的に使われることも少なくないらしい。

宮殿の中央を奥へと進みながら、ミーラードはいろいろ説明してくれた。

灯里にすれば、観光客のように見るものすべてに心を奪われる。

大広間の横の通路に入ったとき、女性兵士が警護する扉があった。敬礼を受けつつ、その扉を通り抜け、宮殿の右翼建物へと進んでいく。そちらはミーラードをはじめとした女性たちの住居部分だった。

当然、男子禁制。入り口には女性兵士が立っているだけでなく、防犯カメラや空港のセキュリティゲートと同じような金属探知機まである。夜間は赤外線センサーまで設置されるという。宮殿そのものの入り口より厳重な警戒がされていた。

「三年ほど前だったかしら？　酔った公賓の男性が、中庭越しにわたくしたちの姿を見て……何かおかしなことを想像されたらしいの。お兄様のハーレム？　そんなことをおっしゃって入って来ようとして」

「ど、どうなったんですか？」

「もちろん、お兄様の逆鱗に触れて、強制退去になったわ。しかも、それ以降、異教徒のお客様にもお酒は出さないことになったの。ああ見えて、怒らせると怖いのよ」

下種の勘繰《かんぐ》りで妹、ミーラードを侮辱したと激昂《げっこう》し、公賓を逮捕して刑務所に送ろうとした。だが周囲に宥められ、当該国に強制送還という程度の罰で妥協したという。

灯里には乾いた笑いしか浮かんでこない。なんと言っても、ファルークを怒らせると怖いのは、ここ数日で身に染みていた。

「でも、首長になる前から私邸に公賓を招くなんて……非公式とはいえ、シークって大変なんですね」

「アル＝サティーヤ族は我が国で最も由緒ある部族だから。閣僚の半数を出しているし、議会でも三分の一がそうよ。お兄様も首長になる前は外務大臣だったの。だから、この宮殿にお客様を招くのは当たり前のことだと聞いているわ」

首長に就いたからには、今まで以上に公賓を招く機会も増える。それに伴い、不埒なことを考える男性が増えないとも限らず、その対策に右翼側の警備を厳重にしたらしい。

まるっきり別世界の話にしか聞こえず、灯里は感心しながらうなずくだけだ。

だが、右翼側の内部を歩き始めると、ガラッと色合いが変わったことに気づいた。女性たちは半袖やタンクトップで肌を露出し、下半身には色鮮やかな巻きスカートを身に着けている。

「すっごい、カラフル」

礼儀も忘れてポツリと呟く。

「アバヤで隠すから逆に派手な色も多いのよ。ナーマのオフィス街では、アバヤの下はみんなブランドスーツだし」

そう言うとミーラードはクスクス笑いながら灯里に近づき、小声でささやく。

「わたくしも、普段はもっとスカートの丈が短いの。でも、今日はお兄様がお帰りになるから……。膝が見えるとうるさいでしょう？　灯里にはそんなことない？」

心臓を患《わずら》っていたという話から、か細く儚《はかな》げな女性を想像していた。だが、意外とミーラードは茶目っ気たっぷりの、現代っ子みたいだ。

「わたし、ですか？　着るもので、何か言われたことはなかったと思いますが……」

言われても、どう対応すればいいのか困る気がする。

（この国にいる間は、ここのルールに合わせないといけないってことはわかるけど。〝郷に入りては……〟ってお父さんも言ってたし）

ひと口にアラビア諸国、イスラム教徒の国と言っても、国や地域によってルールはだいぶ違う。

女性はアバヤ着用が当たり前のようになっている地域は多いが、頭にかぶるヒジャブは様々だ。黒一色もあればカラフルなものをかぶっている地域もある。お酒は一切ダメな国もあれば、ジュースと言い張って飲む人々もいるようだ。

ただ男女の交際に関しては、どこの国も厳しい。欧米で見かける街角でのキスなどあり得ない。というか、逮捕されてしまう。

しかし、国を挙げて観光に力を入れているトルワッド国の場合、外国人に対する制限は他国に比べていささか緩いという。

そのとき、灯里はひとつのことに気づいた。

「あれ？　でも、宮殿に入ったところでは皆さんアバヤを着てましたよね？　ミーラードは着なくても大丈夫なんですか？」

「お兄様に嘆願したの。公賓を迎えるとき以外は、宮殿の中くらい自由にさせてって。そうしたら、宮殿の中と裏庭はアバヤなしでもいいって許可が出たのよ。その代わり、中に配置される衛兵が全員、女性兵士に変わってしまったのだけど」

灯里は日本人の国民性全開の愛想笑いを浮かべつつ、

「そ、それは……よかったですねぇ」

他に言いようがない。

自由がないミーラードが気の毒と思うべきか。宗教的事情を考えたら、我がままなのか。どちらにせよ、ファルークが妹に最大限甘いことはよくわかった。

そんなミーラードが足を止めた直後、目の前の扉が左右に大きく開かれた。

宮殿内は扉や柱だけを見ていたらヨーロッパの宮殿を思わせる。だが、開かれた扉の内側に飾られたダマスク織りのタペストリーを見たとき、ここがアラブの国であることを再認識させられた。

「さあ、あなたの部屋よ」

そう言って先に入るよう背中を押される。

おずおずと足を踏み入れると、そこは信じられないほど煌びやかな部屋だった。

床には豪奢なペルシャ絨毯《じゅうたん》が敷かれている。こういった絨毯に詳しくない灯里にもわかる、幾何学文様が繰り返し織られているアラベスクと言われる柄だ。スイートタイプらしく奥に部屋があり、そちらが寝室のようだった。

さらには天井を見上げると、アンティークらしいクラックガラスの大きなランプが下がっていた。

「あのランプはオスマン帝国から渡ってきた品らしいわ。十九世紀以前、この辺りまで支配されていたから……。でも、中身はＬＥＤよ」

最後の言葉に灯里も思わず笑ってしまう。

「二十一世紀ですもんね」

「そうそう。時代と一緒に人も変わらなきゃ」

ノリのいい返事に灯里も気をよくして尋ねる。

「でも、客間でこんな豪華さって、さすがですね。慣れてないもので、座るのももったいないくらい」

「客間はこんなに豪華じゃないわよ。だって、ここはジナーフ宮殿の〝女主人の間〟ですもの」

「女主人って……そんな部屋を使わせてもらうわけには……」

灯里がびっくりして断ろうとしたとき、たった今通ってきた戸口のほうから声が聞こえた。

『お待たせいたしました。お風呂の用意が整いました』

戸口にひざまずいているのはアバヤを着たままのアミナだ。

しかも、アミナの後ろには十人程度の若い女官が、まさしくひれ伏している。アミナに合わせているのか、彼女たちもアバヤを纏ったままだ。その整然と二列に並ぶ様子に、灯里はミーラードに言おうとしていた言葉を忘れた。

「少し暑そうな衣装だから、さっぱりして着替えたほうが寛《くつろ》げるかしら？　飲み物はお風呂まで持って行かせますね」

ミーラードの言うとおり、二十五度超えに長袖のニットはつらい。薄手でも保温がばっちりなタイプなのでなおさらだ。

そのとき、灯里はハッと思い出した。

「あの、それより……この部屋のことですけど」

『お着替えには、袖のないドレスタイプのジェラビアをご用意させていただきました』

灯里の日本語を封じるように、アミナが早口で捲し立てる。

ジェラビアはトルワッドの民族衣装のことだ。本来は長袖なのだが、最近は若者たちの希望で新しいデザインが増えていると聞く。上からアバヤを着れば男性の目には触れないのだから、と年配者たちも大目に見てくれているという。

評判のジェラビアを着られるとなると、なんとなく嬉しいが……やはりそれどころではない。

灯里は思いきってアラビア語で声を上げた。

『ちょっと待ってください！　こんな〝女主人の間〟なんて、わたしが使うわけにはいきません。もっと、わたしの身分にふさわしい部屋で充分ですので……』

すると、とたんにアミナが声を立てて笑い始める。

『何を仰せになりますことやら。灯里様は我らが主君、ファルーク首長殿下の奥方様ではございませんか？　あなた様以外に、この〝女主人の間〟にふさわしい方はおられませんよ』

アミナの言葉は、灯里がファルークの妻である、と聞こえた。とっさに聞き間違いだと思い、急いでミーラードを振り返った。

「いやだわ、灯里ったら。本当はお義姉様とお呼びしたいのだけど……。アミナがうるさいから、お兄様のお許しを得てからそう呼ばせてね」

花が咲いたようにミーラードは微笑んだ。

さすがの灯里も愛想笑いができず、頬を引き攣らせたまま、立ち尽くすだけだった。

☆　☆　☆

灯里がファルークの到着を告げられたのは、お風呂を出てから、鮮やかなジェラビアを着せてもらっているときのこと。

ファルークがひと休みして、着替えを済ませてから呼ばれるだろう——と言われたが、それをのんびり待っていられる心境ではない。

灯里は自分から会いに行くと宣言。

強引にミーラードのアバヤを借りて、そのまま中央を通り抜け、宮殿左翼側の建物に突入しようとした。

（どこかはわからないけど、とりあえず大声でファルークの名前を呼んだら出てくるはずよね？）

ギョッとした男性兵士に止められそうになったとき、あとを追いかけてきたアミナが叫ぶ。

『ファルーク殿下の奥方様がお入りになられます。扉をお開けください！』

その言葉に男性兵士は慌てて扉を開け、その場に膝をついた。

アミナの言葉『ファルーク殿下の奥方様』に灯里はドキドキするが、今は呑気にときめいている場合ではないだろう。

『ねえ、アミナさん。ファルーク……殿下のお部屋ってわかりますよね？　案内してください』

『アミナでけっこうでございます。しかし、お召しがあってから伺ったほうが……』

『教えてくれないなら、ここで叫びます！』

ミーラードに案内された右翼側と構造はよく似ている。違うのは男性の姿がちらほら見えることくらいか。中庭があるので、そこで叫ぶと建物中に響きそうだ。

灯里は覚悟を決め、中庭に下りようとした。

『わ、わかりました。ご案内いたします』

アミナは困り果てたように、渋々うなずいたのである。

その部屋は灯里が通された〝女主人の間〟より、現代的な内装だった。

床に敷かれたモスグリーンの絨毯は毛足が短く、中央に置かれた黒いソファも革張りだ。奥には仕事用のデスクも見える。その上に置かれたパソコンに日本の会社名を見つけ、意味はないが嬉しくなった。

ファルークの部屋と言って通されたが、肝心のファルークの姿が見当たらない。

アミナは入ることを許されていないとかで、部屋の外で待っているため尋ねることもできなかった。

(逃げた……とか？　いや、まさかね)

お風呂に入りながら、アミナにいろいろな話を聞いた。

ファルークは十四年前、異教徒の少女と結婚式を挙げていた――と発表したらしい。彼女たちも知ったばかりで驚いたそうだ。

だが当時の事情を思えば、ミーラードのために結婚を選択したファルークの心情はよくわかるという。

よくわからないのが灯里だった。

日本で結婚が許されている年齢は、男性は十八歳で女性は十六歳。当時の灯里は九歳で、ファルークも十六歳だった。それでどうして結婚が成立したのだろう？

(でも……成立してなきゃ、ミーラードを連れて日本には来られなかったはずよね？　でもでも、わたしの戸籍ってとくに変わったことは書いてなかったような……。もう、何がどうなってるのよっ!!)

それに、結婚なんて大事なことを、灯里の両親はなぜ彼女に黙っていたのだろう。ただおそらく、十四年前のことを聞こうとしてもはぐらかされてきたのは、このことが理由に違いない。

しかし、このまま黙って済ませられることではないはずだ。

(お父さんもお母さんも承諾したのよね？　でも、なんで黙ってるわけ？)

突き当たりに白い扉が見える。きっと向こうには寝室があるのだろう。ひと休みして、ということは、ファルークは寝ているのかもしれない。

(起きるのを待つ？　――やっぱり、ダメ。とても待ってる気分じゃない)

灯里が覚悟を決めて扉に近づこうとしたとき、おもむろにその白い扉が開いた。

中から出てくるのはファルーク以外に考えられない。そう思った瞬間、灯里は先手必勝とばかりに叫んだ。

「ファルーク！　奥方様って、どういうことですか!?　十四年前に結婚って、いったいなんなの!?　ちゃんと説明してもら……」

直後、灯里は息を呑む。

ファルークも彼女と同じく、お風呂に入っていたらしい。上半身は何も着ておらず、下はトーブの下に着るという白いズボンのみ。

「あ……灯里……」

濡れた亜麻色の髪から雫が滴り落ちる。幾つもの水滴を拭おうともせず、ファルークは唖然としてこちらを見ていた。

コーポの部屋でも同じようなファルークの格好を見た。

だが、そのときとは事情が変わってきている。

ふいに灯里の胸に、専用機の中で彼にされたことが浮かんできた。同時に羞恥心も甦り、頬が熱くなって視線を逸らしてしまう。

「赤いジェラビアがよく似合っている」

ファルークの低く甘い声が聞こえてきた。彼は灯里の無礼を咎めるでもなく、同じように怒鳴り返すこともしない。

灯里が着せられたジェラビアは、Vネックでノースリーブ。肌触りがいいので絹かと思ったが、風通しのよい綿で作られていた。ウエストは自然なラインで締まり、ヒップから太もも辺りは女性らしい弧を描く。丈もピッタリであつらえたみたいだ。

なんと返事をしようか迷っていると、ファルークが一歩近づいてきた。

「君のために作らせておいたものだ。無駄にならなくてよかった」

「そ、それって、前から準備してたってことになるんですけど……。わたしをここに連れて来て、どうするつもりですか？」

彼は灯里の五十センチほど前で止まり、固まったようになる。

「十四年前に結婚って……わけがわからない。うちの両親も承諾したってことですよね？　それって……」

　そのとき、ファルークの手が伸びてきた。

　灯里の頬に触れそうになり……彼はそのまま、手を引く。そして彼女に背を向け、距離を取った。

　また頬に触れられ、キスされるのではないかと思った灯里は拍子抜けだ。

「あ、あの……ファルーク？」

「十四年前の結婚は日本の法律において無効の判断が下っている。だから、私も佐伯教授も、あえて口にはしなかった」

　ホッとした反面、それならどうして灯里は『奥方様』と呼ばれるのだろうか。

　その問いに返ってきた答えは、日本とトルワッドの法律の違いだった。

「じゃあ……この国では、あの儀式でわたしたちの結婚って成立してるんですか？」

「女性は九歳、男性の結婚に年齢の条件はない。儀式を行い、初夜の契りを交わせば結婚は成立する」

「しょ、しょやの……ち、ちぎり!?」

　灯里の声は裏返った。

「あの夜、あのテントの中で……わたしのこと……」

「あれは日本の援助を求めるための結婚だった。同じ寝台で一夜を過ごしたが、君のお父上に顔向けできないようなことはしていない。絶対だ!!」

彼女の動揺が伝わったかのように、ファルークも血相を変えて叫ぶ。そのまま、つかつかと大股で歩き、彼女に近づいてきた。

灯里はびっくりして後退する。

「わ、わか……わかりました。で、でも、じゃあ、エレベーターの中とか……飛行機の中とか……」

とたんにファルークの顔が曇《くも》った。

「妻を求めることは罪なのか？」

至極、真剣な顔で問われ、灯里は自分のほうが間違っているような気持ちになる。

「そんなこと、言われても……わたしは知らなかったわけですし……」

「では、今は知ったわけだな。それなら、妻として求めてもかまわないか？」

先ほど引いた指先が、今度は灯里の髪に触れる。

思わせぶりな笑みを浮かべ、ファルークの顔がゆっくりと近づき――ふたりの唇が重なった。

灯里は条件反射のように目を閉じ、キスされるままになる。

ファルークは灯里に何を求めているのだろうか？

日本では無効の結婚だが、トルワッドでは成立している結婚。ここで灯里を抱くことは、ファルークにとって正しいことになるのかもしれない。

だが、日本に戻れば……。

（罪になる、とか？）

ファルークに荒々しく唇をなぞられ、しだいに高まる感情に灯里は戸惑った。

また、快楽の波に呑まれて、このまま流されてしまう気がする。ファルークの指に翻弄され、身を委ねて、今度こそ最後までされてしまうだろう。

そしてすべてが終わったあと、ファルークは言うのだ――「君がここまで淫らな女に成り果てているとは」と。

彼の言葉を思い出した直後、灯里は涙が込み上げてきた。

ふわっと目が温かくなり、頬に温もりが伝う。

「灯里、泣くほど嫌なのか？」

心の底から驚いたようなファルークの声だった。

「だって、ファルークはすぐわたしのせいって……。誘ったりしてないのに、変なふうにしか取らないし……。前のような、優しいファルークだったら……嫌じゃない」

ファルークの親指が灯里の涙を拭う。そのまま大きな手で彼女の頬を撫でつつ、唇を耳元に押し当ててきた。

「すまなかった。二度と言わない。だから、君の身体に触れることを許してほしい。悦びを与えるだけだ。傷つけることはないと約束する」

掠れる声でささやかれ、灯里の身体はそれだけで堕ちそうになる。〝奥方様〟の件を追及することも忘れ、立っていられずに彼の胸にもたれかかった。

次の瞬間、ファルークは彼女の身体を横抱きにする。

「奥にベッドがある。そこで楽しもう。いや、警戒しないでくれ。君を楽しませるだけだから」

それは、せっかく着せてもらったジェラビアを脱ぐことになるのではないだろうか。

いやいや、それどころではない。部屋の外にアミナを待たせている。そんな状況で楽しむなど、気分的に無理ではないか。

「あ、あの、外に……アミナが」

「私たちが出て行かなければ、気を利かせるだろう」

気を利かせるということは、何をしているか察するということ。ましてや、ジェラビアを着崩して部屋から出たりすれば、ここで何があったかすべて悟られてしまう。

だが、ファルークは平然としたものだった。

「問題はない。ここでの君は〝奥方様〟だ。夫婦の語らいを邪魔する女官はいない」

そう言いきると、灯里をベッドに下ろした。

寝室はカーテンが閉まっていて薄暗かった。室内の様子はほとんど見えない。

だが、ベッドは機内の備えつけのものより大きく、マットレスはふんわりと灯里の身体を包み込んだ。それでいて、スプリングが軋む音もせず、沈み込んでしまう感覚もない。

ファルークが灯里の横に寝転がったときも、ベッドの傾きは感じなかった。

「す、素敵な、ベッドですね……広くて、よく眠れそう」

「度胸のいい君なら、どこでもぐっすり眠れるのではないかな？」

機内で眠り込んでしまったことを言われているらしい。あれはたしかに、我ながら無防備にもほどがある、と思う。

灯里にすれば赤面する以外に返事のしようがない。

「だが、私と一緒のときは、どんなに素晴らしいベッドの上でも、妻をぐっすり眠らせるつもりはない」

ファルークの吐息には媚薬でも含まれているのではないだろうか。身体がゾクゾクして、期待に鼓動がタップダンスを始める。

少し考えなくてはいけない。

このまま、流されるだけでは……そんな気持ちで灯里は口を開いた。

「ちょ、ちょっと待って……あの、ジェラビアが……このままじゃ、シワになります。ちゃんと脱いだほうが、いいんじゃないかって」

言ってから後悔した。じゃあ全部脱ぎなさい、と言われたら、そのほうが困り果てる気がする。

そんなことを気にして青ざめていると、ファルークは楽しそうな笑い声を上げた。

「シワを気にするより、君の場合は濡らしてしまいそうだ」

灯里の頬はカッと熱くなる。

「それはファルークが……い、いやらしいことをするか……あっん」

剝き出しの二の腕にファルークの唇が触れた。チュッチュッと音を立てて吸いながら、少しずつ肩のほうに上がっていく。

その間にジェラビアの肩の辺りを手でさすり、ファルークは左右同時にずらす。彼女の胸は一気に谷間まで露わになった。

「可愛らしい胸だ」

喘ぐような彼の言葉に、灯里はドキッとした。

この国の平均はどんなものなのだろう。ミーラードより小さいことは明らかなので、思わず不安になってしまう。

「胸は……大きいほうが好きですよね？　わたしより小柄なミーラードのほうが大きかったし……」

「妻以外の女性の胸に興味はない。ましてや、妹の体形など気にしたこともない。君の胸は感度もよくて、言葉どおり可愛らしいと思っている」

冗談めいた返事をされると思っていたのに、やけに真剣な答えが返ってきた。

だが、続けて口にした言葉に、ファルークの顔つきが変わる。

「女性というのは、胸のサイズと体重が気になるようだな……それなら、気にならなくしてやろう」

思わせぶりな笑みの中に男の欲望が浮かんで見えた。直後、ファルークの指先はジェラビアのVネックを押し下げた。

「あ……やぁんっ」

ファルークの唇は露わになった桜色の先端を捉える。

これまでの刹那的な触れかたとは違う。灯里の官能を引き出そうとする、ゆったりした劣情を煽るような愛撫に心も身体も疼き始める。

しだいに硬くなる胸の先端を吸われるたび、灯里の身体はピクンと震えた。

同時に片方の胸をさわさわと揉まれ、灯里はキュッと唇を噛んだ。

「おっと、あまり可愛がり過ぎてはいけないな。下着だけでなく、ジェラビアまで濡らしてしまう」

ファルークに言われて脚の間のぬめりに気づき、灯里は恥ずかしくなって太ももを擦り合わせた。

「ひょっとして、もう濡らしてしまったのかな？」

「そ、それは……そんなことな、い……あ、待って！」

ジェラビアの下は生足で、身につけた下着はTバックのショーツ一枚。初めて穿いたTバック、それもサイドを紐で留めるタイプに最初は驚きを感じた。

だが、トルワッドの若い女性にとっては普通のおしゃれだと言う。見える部分の制限が厳しいため、見えない部分にはこだわるというのがトルワッド——それも、ナーマ流らしい。

素肌にファルークの掌が触れ、その手はTバックのショーツまで達した。

「この紐を引くだけとは、実に用意がいい」

「わ、わたしじゃないです。これは……こちらの宮殿で用意していただいたもので」

また、誘ったと言われるのは嫌だった。

「女官長のアミナであろう？　今宵《こよい》のための細工だろうが、少し時間が繰り上がったから
といって文句は言うまい」

熱い吐息で灯里の肌をなぞりつつ、そんな言葉を口にする。

「……ファルークって、こ、こういう下着が好きなんですか？」

我ながら、こんなときになんという質問をしているのだろう。と思いつつ、やっぱり気
になる。

すると、さすがのファルークも言葉に詰まりながら、

「嫌い……とは言わないが、好き、とも言えない。そうだな……一番好ましいのは、何も
穿いていないことだろうか」

最後のひと言だけ声を潜めた。

「ファ……あ、あっん、やぁ……んんっ」

Tバックの紐を片方だけほどき、無防備になった秘所に指を這わせる。それは乱暴なだ
けでも、優しいだけでもない。野性的な荒々しさを感じる指先に、灯里はほんのわずかな
愛撫で背中を反らせた。

淫芽を抓まれた瞬間、快楽と言う名の電気が背筋を走る。

さらには唇でピリピリとした余韻を柔肌の随所に残しながら、ファルークは灯里の身体を高みへと押し上げていく。

「やっ……待って、ファル……ク、やぁ、あ、あ、あっ……」

本当に感じてしまっていいのだろうか？

絶頂へと向かう身体を、灯里の理性が押し止めようとする。

「我慢などするな。私の与えた快楽に、恍惚とする君の顔が見たい。ああ、ジェラビアを濡らすのが心配か？　ならば、よい方法がある」

ファルークは言うなり、灯里をうつ伏せにした。

そのまま背後から腰を摑み、一気に引っ張る。それは四つん這いの格好だった。この先に何があるのか、考える時間すら与えてくれない。

「え？　あ……きゃっ!?」

ジェラビアのスカート部分を捲り上げられ、灯里の下半身は丸出しになった。薄闇の中、彼女の白いヒップが浮かび上がる。

脚の付け根に引っかかっていたTバックのショーツがストンと膝まで落ち、灯里の頭の中は真っ白になる。

そして次の瞬間、ファルークの手がヒップの柔らかな肉を鷲摑《わしづか》みにして、左右に押し広げた。

「い、いやっ……やめて、やめてください。お願い……ファルーク、こんなの……こんな格好は……や、んんっ、はぁうっ！」

つい先ほどの愛撫で熱を持った場所に、冷たい空気が触れた。

でも、それは一瞬のことだった。すぐに同じ場所が火傷しそうなほどの熱に包まれる。

肉厚のあるぬめりが数回往復して、ようやく、灯里はその正体に気づく。

ファルークが唇を押し当て、灯里の大事な部分に舌を這わせていた。

ジュルッと啜ったあと、ピチャピチャと音を立てて舐める。

指で触れられるだけでも、真っ直ぐに顔を見るのが恥ずかしくなるような場所。そこを薄闇とはいえ彼に見られてしまった。その上、舐められている。

灯里は羞恥のあまり、気を失ってしまいそうだ。

「君の可愛らしい顔が見られないのが残念だ。だがこれなら、君の零す液体はすべて舐め取ってやれる。さあ、安心して達するといい」

羽根枕を握り締めるようにして、灯里は首を左右に振った。

「む、無理、で……す。こ、んな……恥ずか、しい」

必死に答えたそのとき、ファルークの指先が淫芽に触れた。

同時に、灯里の身体がビクンと震える。

「あっ……あ、あ、あ、ち、がう……やっ、ちが……うのに……あ、あっダメ……あんっ、あーっ！」

指と舌の執拗な愛撫に、彼女の躰は降参の白旗を振った。下肢を戦慄《わなな》かせて絶頂に達し、堪えきれずに溢れ出す蜜が内股を伝う。

そこをファルークの舌に舐め取られ、さらなる快楽に囚われた。

「ああ、灯里……君の声を聞き、身体に触れていると、私自身も悦びが欲しくなってしまう」

喘ぐようなファルークの声が耳のすぐ傍で聞こえた。

「それって……ダメなこと？　わたしは、ファルークにも気持ちよくなっ……」

いきなり、大きな手が灯里の口元を覆った。

「シッ！　静かに」

ファルークが小さな声で言った直後——コンコンと扉がノックされた。

『誰だ？』

『気の利かぬ年寄りにございます。お邪魔はしたくないのですが、各議会が順に殿下のご帰国の挨拶を待っております。まったくもって、申し訳ございませんが……』

サアダーンの声だった。

（やだ……さっきの声、聞かれてた？　ど、どうしよう……）

灯里は倒れ込むように腰を下ろし、枕に顔を突っ伏す。

そのとき、彼女の身体がシルクの掛け布で覆われた。

「すまない、灯里。今夜は戻れないかもしれない。その代わり、明日はずっと君に付き合

おう」

そっと顔を上げると、そこにファルークの顔があった。彼は穏やかに微笑み、灯里の唇にチュッとキスをする。

「ファルーク……あの、怒ってない？」

「あれは……君を蔑むようなことを言ったのは、私の勝手な思い込みによるものだ。二度と言わないと約束したであろう？」

以前のファルークに戻ったみたいだ、と最初は思った。

だが、すぐに違うと気づいた。昔の彼は紳士的な理想の王子様だった。でも今の彼は、欲望をあからさまにしながら、灯里を女として求めてくる——男だった。

「では、行ってくる。君は落ちつくまでこの部屋にいればいい。外のアミナには、君が困るようなことは言わぬよう、命じておこう」

背中を向けたファルークに、灯里は声をかける。

「ファルーク……わたし、いつまで、ここにいたらいいの？」

灯里が望むならずっといればいい——そんな言葉を期待した。もし、妻としてここにいてくれないかと言われたら、灯里は即座にうなずくつもりだった。

だが、ファルークは立ち止まり、背中を向けたまま答えた。

「長くても一週間もあれば決着するはずだ。そのあとは日本に戻り、恋愛も結婚も君が望む相手と好きにすればいい。君は自由だ」

それは、あまりにもハッキリとした拒絶。ファルークの愛撫に感じたことを、罵られるより胸に応える。

「じゃあ、ファルークと楽しめるのは……帰国まで、なんですね」

「一週間で足りないときは延期しよう。だが、あまり長引くのは好ましくない。それが、お互いのためだ」

困ったように言い捨て、ファルークは部屋から出て行く。

火照った身体が瞬く間に冷えていく。ひとり残された灯里は外のアミナに聞こえないよう、声を殺して泣くだけだった。

第五章　愛ゆえの決断

白く美しい砂丘が目の前に広がる。

それだけなら「砂漠の国に来たんだから、当然よね」と思うだろう。

でもその先にあるエメラルドグリーンの海と、灯里の頭上に広がる大型のビーチパラソルを見れば……「ここはどこ？」と思っても無理はないはずだ。

そしてここは、トルワッド首長公邸のプライベートビーチだった。

振り返れば、整然と植えられた椰子の木が見える。そして白い外壁の公邸の向こう、視線を少しだけ上に向けると……今度はナーマ市内に林立する巨大なビルディングが。その光景は、東京都心をさらに密集させた印象だった。

この国はＧＤＰが世界最高レベルを誇る、豊かな国なのだとあらためて実感する。

そのとき、灯里はジッと目を凝らした。公邸の方向から、椰子の並木を早足で抜け、ひとりの男性がやってくる。

なぜ男性だとわかるのか……それは、全身真っ白というういでたちのせいだ。女性は逆に真っ黒になるので、その点だけは間違いようがない。

灯里もアバヤを着せられ、パッと見は真っ黒だった。

しかし、彼女が着ているアバヤは店頭で市販されているものとはわけが違う。極上の絹で作られており、胸元や裾には金糸の刺繍《ししゅう》が入っている。

渡された当初、このアバヤは首長夫人のために特注された品と聞き、灯里は袖を通すことを躊躇った。

すると、一瞬で女官たちの顔が曇ってしまい……。

(アミナたちのガッカリした顔を見たくなくて、ついつい着ちゃったけど……本当によかったのかな?)

昨日ファルークが言った「長くても一週間」という言葉が耳に残っている。

灯里が首長夫人でいるのはたった一週間。そんな自分がこれ以上、首長夫人として振舞うのは間違っているような気がしてならない。

灯里が大きくため息をついたとき、彼女を呼ぶ声が聞こえた。

「灯里、遅くなってすまない。長く待たせただろうか?」

頭にかぶった白いグトラを靡かせ、ファルークが砂浜を大股で歩いてきた。

ジナーフ宮殿の彼の部屋で別れて以来だ。それが昨日の午後のこと。今はもう正午なので、彼の顔を見るのはほぼ丸一日ぶりだった。

「いえ、さっき送ってきてもらったばかりですから」

ファルークから視線を逸らし、灯里は海のほうを見ながら答える。

彼が言ったとおり、アミナは灯里がファルークの部屋に入ったあとのことを、一切口にしなかった。アミナだけではない。食事をともにしたミーラードも、灯里がファルークの部屋を訪ねたことくらい聞いたはずなのに、何も言わなかった。

ただ、ファルークから灯里のことを、名前で呼んでもいいが「お義姉様」と呼ぶべきではない、と言われ、残念そうにしていたことはたしかだ。

灯里は混乱していた。

ファルークのことは好きだ。この数日で憧れは恋へと変化した。口づけを交わし、触れられるごとに、彼に向かう思いは愛へと深まっていく。

その上、ふたりの関係がこのトルワッドでは〝夫婦〟だと言われたら……。

(求められたら、受け入れちゃうよ。でも、夫婦同然のことをしても……一週間経ったら、日本に帰らなきゃならないなんて)

エスカレートする一方の灯里の気持ちに、ファルークはストップをかけてくれた。

彼が求めているのは、セックスを楽しめる相手だ、と。もっとベッドでのことに慣れていて、面倒なことを言わない、気軽に楽しめる女性。

ファルークは灯里のことをそんなふうに思っている。

だったら、そういった女性のふりをして、初恋の相手であり、憧れの王子様であるファルークと初体験をしてしまえばいい。彼をがっかりさせるのは嫌だが、意外といろいろ教えてくれるかもしれない。

今どき女子高生でも、ひと夏のバカンスくらい、もっと気楽に経験するだろう。

二十三歳、今年の終わりには二十四歳になる女が、後生大事にいつまで処女を取っておくつもりなのか。

（これはチャンスなんだから。ここで一気にいかないと、三十過ぎても処女のまんまよ。頑張れ、わたし！）

等々……いろんな理屈をこじつけて、灯里は必死になって自分を励ましてみる。

今も、眩しい陽射しにキラキラ煌めく海をみつめながら……三月だけどトルワッドなら夏のバカンスで通るじゃない、などという言葉を頭に浮かべていた。

「水着は着てきたのだろう？　ここはプライベートビーチで誰かに見られることはない。アバヤを脱いで泳ぐといい。今の季節は日本の夏に似ているはずだ」

ファルークはそんなことを言いながら、灯里の肩に手を置いた。そのまま、髪に顔を埋め、情熱を隠そうともせず、甘やかな声でささやきかける。

「君の美しい水着姿を見てみたい。もちろん、何を着ていても……何も着ていなくても、君は美しいが」

その言葉を嬉しく感じてしまうのは、いけないことだろうか。

彼の誘惑に乗り、このまま身を委ねてしまえばいい。この国にいる限り、どれほど親密な行為をしても罪にはならないのだから。

そう思ってファルークの顔を見たとき、彼もこちらをジッと見ていた。

ゆっくりと、はしばみ色の瞳が近づいてくる。

灯里は目を閉じようとして――とっさに、顔を背けた。

（……ダメ……やっぱり、ダメ……）

セックスを楽しむなんて、灯里にはできそうにない。ファルークに嘘をつくことはできても、自分に嘘をつくことは無理だった。

すると、ため息とともにファルークの声が聞こえてきた。

「宮殿の誰かが、君を不快にさせるようなことを言ったのだろうか？」

灯里は顔を背けたまま、急いで首を横に振る。宮殿の人たちは、みんなとても親切だ。そんな人たちに妙な疑いをかけるわけにはいかない。

ファルークはそんな彼女の手を取り、ビーチパラソルの下に置かれた木製のデッキチェアに座らせた。

「では、やはり私かな？　気づかぬうちに、また君を怒らせたようだ」

切なげに微笑まれると、まるで灯里が彼を苦しめているみたいだ。

そんなつもりはない。ただ、どうしても、ファルークと灯里の間には埋められない恋愛観の違いが横たわっているように思える。

いつまでも黙っているわけにはいかない。

彼女は思いきって口を開いた。

「やっぱり、ダメだと思うんです」

「何がだい？」

「キスとか……それ以上のこと、とか。夫婦だけど、本当に愛し合う夫婦では、ないわけだから」

ファルークはデッキチェアの横にひざまずき、灯里の顔を覗き込んだ。

「我が国の女性が言うならともかく、日本のような自由の国に住む女性から、そういった言葉を聞くとは思わなかった」

「それって、どういう意味ですか？」

灯里は脊髄反射のようにムッとして言い返してしまったが、ファルークの言葉を聞き、すぐに反省する。

「日本国内に溢れ返るセックスの情報は、君の言う〝本当に愛し合う夫婦〟だけの行為とはとうてい思えないのだが。それとも、君自身の価値観なのか？　セックスを求められても結婚するまでは応じない、とか」

日本の若者の未経験率は上昇していると聞く。だが、巷に流れるセックスの情報は、十代の学生でも簡単に知り得る場所にあった。

灯里自身もそうだ。ついさっきまで、二十歳を超えて処女でいることを恥ずかしく思っていた。いや、今も思っている。

セックスが〝本当に愛し合う夫婦〟だけの行為だから、ファルークに抱かれたくないと言っているわけではない。夫婦だから、という理由でファルークに抱かれたくないだけだ。愛されているなら、たとえ夫婦でなくとも灯里は応じるだろう。

(愛してるけど、日本人だから首長夫人にはしておけない。でも、わたしが欲しい……とか言ってくれたら)

そんなあり得ない妄想に、灯里は奥歯を噛み締めた。

「宗教とか、そういうのがないから……厳格なものじゃないんですけど。でも、ここで楽しむためにあなたに抱かれてしまったら、わたし、後悔すると思うんです。それに、日本に帰ったとき……合わせる顔がなくなってしまうから」

両親に対してもそうだし、仕事場の人たちに対しても同じだ。

とくに上司の岩倉の、「シーク様のハーレムから追い出されたのか」といった嫌みが、今から聞こえてくる気がする。そんなとき、本当にファルークと深い関係になっていれば、灯里は胸を張って言い返せないだろう。

灯里はデッキチェアから滑るように降り、砂の上に正座した。

「ごめんなさい。その……ファルークにも気持ちよくなってほしいって言いながら、急にこんなこと言い出してしまって……あなたが怒って当然です。そのときは、どうかすぐに日本に強制送還してください」

砂の上に両手をつき、日本風の謝罪をする。

そのまま、数秒が過ぎてもファルークの声が聞こえず、灯里はそっと頭を上げた。

ファルークはわずかに目を細めて、ジッと灯里のことを見下ろしていた。その表情からは、なんとも言えない寂しさと悲しさが伝わってくる。

灯里は自分がとんでもなく悪いことをしたような気持ちになった。

「あ、あの……わたし……」

「君の言うことは正しい。快楽のために、避妊具を用いるセックスは禁止された行為だ。私は禁を犯してまで、君を抱こうとしていた」

それほどまでに大げさなこととは思わず、灯里は息を呑む。

「怒ってなどいない。むしろ、神を思い出させてくれて感謝している。我が国に滞在中、君の首長夫人としての地位は保証する。だが、夫の権利を振り翳《かざ》し、君の肌に触れることはしない。約束——いや、努力しよう」

ファルークはそこまで言うと、立ち上がった。灯里に背を向け、波打ち際に向かって歩いて行く。

今の灯里には、そんな彼の背中をじっとみつめることしかできない。

「せっかくだ。少し泳いでいこう」

彼は言いながらトーブを脱ぎ始めた。

「君はどうする？」

「わ、わたしは……」

水着姿のファルークが想像しがたく、灯里は無意識のうちにアバヤを握り締めていた。

おそらく、その姿が彼を警戒しているように見えたのだろう。

「プライベートビーチとはいえ、充分な広さがある。わざと君に近づいて、襲いかかるような真似はしないが」

「そんなことは考えてもいません！　ただ……すみません。わたしはここで、見ていていいですか？」

「ああ、かまわない」

ファルークが着ていたのは、ごく普通の海パンと呼ばれる男性用水着だった。ダークブルーで灯里も知っているスポーツブランドのマークがついている。

(男の人は、宗教とか関係ないんだ)

この国の女性は肌を露出せず、さらには身体のラインがハッキリ見えない水着――ブルキニを着て泳ぐ。年配の女性は黒一色だが、そもそもビーチやプールに泳ぎに行くのは若い女性が多い。彼女たちは皆、色鮮やかな一流ブランドのブルキニを好んで着ていた。

だが、それも観光客がメインのビーチとなると雰囲気が違う。

ムスリム以外の女性は、とくに肌を隠す必要はない。思い思いに開放的で華やかな水着の着用が許されていた。

ちなみに灯里の場合は……実は微妙な立場だ。

本来、ファルークと結婚した時点で改宗しているはずなのだが、灯里はしていなかった。

それでは結婚が成立していないのではないか、と思わないでもない。しかし、何ごとにも例外はつきものだ。そのため、灯里に用意された水着はブルキニではなかった。

アバヤの下に着た、生まれて初めてのビキニ。それも純白でフリフリのレースがついている。

『砂漠の男は熱いものでございます。殿下は、女性の装いには清楚であることを好まれますが、同じだけの情熱も求められるお方。ああ、そのことは、わたくしより灯里様のほうがよぉくご存じでした』

ニコニコと笑いながら、アミナはこのビキニを差し出した。

(でも、たった今……ごめんなさい、をした状況で……どんな顔して、このビキニ姿を晒《さら》せと言うのよ)

ひとりで海に入っていくファルークを見送りながら、灯里は心の中でひとりごちた。

彼女は砂の上に座り込んだままだった。

せめて、デッキチェアに座ろうと思うのだが、何もかもがどうでもよく思えてしまう。

大きなため息をつき、デッキチェアにもたれかかったとき、アバヤのポケットに入れた携帯電話が鳴り始めた。

『突然、失礼いたします。自分はイシュク・ビン・ガッザールと申します。トルワッド軍の参謀長を務めております』

　現在位置も確認でき、何かのときに役に立つと持たされたトルワッドの携帯電話だ。灯里がアミナから渡されたものだった。

　電話口から流れてきたのは丁寧なアラビア語。だが〝トルワッド軍〟の単語に、とんでもないことが起きたのかもしれない、と思いドキッとする。

『佐伯灯里様ではありませんか？　アラビア語をお話しになる、とのことでしたが……。自分の言葉はわかりにくいでしょうか？』

　その声を聞くなり、灯里は慌てて頭の中の翻訳機を動かし始めた。

『いえ……えっと、大丈夫です。わかります。あの、ファルーク殿下に用事なら、呼んできましょうか？　今、海のほうに入っておられて、でもそんなに遠くではないので』

『いえ、実は灯里様にお話ししておきたいことがあるのです』

『え？　わたし、ですか？　わたしが聞いてもかまわないことなんですか？』

　この男性が灯里のことを本物の首長夫人として扱い、国家機密レベルの話をし始めたらどうすればいいのだろう。

『あ、あの、軍のことは、わたしが聞いてもわからない、と言いますか。聞くべきではない、と言いますか』

　灯里は返事に困っていたが、イシュクはおかまいなしに話し始めた。

『今回の結婚がおおやけになり、国際社会におけるファルーク殿下の評価が急落しております。九歳の少女に対する性的虐待の疑惑がひとり歩きしておりまして……』

「は……はぃ？」

難しい単語ばかり出てきた、ということもある。だがそれ以上に危険な単語も多くて、灯里は思わず日本語で呟いていた。

そしてイシュクが話した内容は、灯里にとって信じられないことばかりで……。

まずこの結婚は、トルワッド国内でもずっと極秘にされていたことだった。参謀長という軍の最高位にいるイシュクにも知らされず、閣僚たちにとっても寝耳に水の話だったという。

そこまで徹底して秘されていたとは思わなかった。灯里はイシュクの話がどこに向かうのか見当もつかず、ただ携帯電話を握り締める。

日本で例の件が起こったとき、ファルークは灯里を国外に連れ出すため、トルワッド政府発行の灯里の身分証を日本側に提示したと言う。

灯里の身分が間違いなく、トルワッド首長夫人である、という証明だ。

そして、その事実は瞬く間に世界中に広がった。

日本国籍の一般人女性がトルワッド国の首長夫人だった——という現代のシンデレラストーリーに、たった一日で世界中が沸いた。

（……全然、知らなかった）

灯里は絶句するが、たしかに、これが他人事なら彼女自身も話題にするだろう。

だが、すぐに問題として持ち上がったのが、十四年前は〝九歳〟だったという灯里の年齢。砂漠のテントで一夜を過ごした、と聞けば、灯里と同じような誤解をする人間が出てきても不思議ではない。

だがファルークは、灯里の誤解をすぐに訂正してくれた。

そのことをイシュクに伝えるが……。

『その件に関しましては、記者発表を止められました』

『そんな、どうして!?』

『〝砂漠の男が口にした神への誓いは、どんな理由があっても覆していいものではない〟との仰せ。殿下は結婚を取り消すつもりも、他のお相手を探すつもりもないようです』

それがどういうことを意味するのか、灯里はイシュクの言葉を聞き、膝が震え始める。

ファルークは灯里が日本に戻れば恋愛も結婚も自由だ、と言った。だが彼自身は、生涯において灯里だけを妻として生きていく覚悟だという。

ミーラードを救うための結婚の誓い、それを覆すことは、妹の命をふたたび危険に晒すことも同然。ファルークはそう思っているのだ。

『でも……首長ってそれでいいんですか？　普通、結婚して後継ぎを、とか言われるような気がするんですが』

灯里の問いにイシュクは『おっしゃるとおりです』と答えた。

『たしかに義務もあります。しかしそれ以上に、ファルーク殿下はトルワッドのため、自己を犠牲にして尽くしてこられた方です。首長となられ、今後は殿下ご自身の幸福を望んでいただきたいと、誰もが思っております』

日本人女性を『妃殿下』と呼ぶことに抵抗がないと言えば嘘になる。

だが今回の一件で、ファルークはこれまでの彼らしからぬ行動を取った。そのことから、彼の本気が窺えたという。

それならば、と——イシュクをはじめ閣僚たちも、ファルークの希望を受け入れる方向で意見が一致した。

『よい方向に話が進んでいるのだとばかり思っていました。ところが昨夜、閣僚たちを集めてファルーク殿下が宣言されたことは……』

灯里が無事日本に帰国しだい、灯里は日本の決定——結婚の無効を選択したことを発表する。ファルークはその責任を取り、首長を辞任する、と。

『殿下から、灯里様には決して話さぬよう言われました。しかし、お伺いしたいのです。それほどまでに殿下は、あなた様が一生を託すのにふさわしくないお方でしょうか？　それとも、イスラム教徒に不信感でもお持ちですか？　しかし、あの佐伯教授のお嬢様が、そこまで我らを嫌うとは思えないのです』

『そんな……わたしは……』

灯里はじっと海をみつめる。

波間に見えるファルークの姿に目を留めたとき、携帯電話を置いて走り出した。

アバヤというのは陽射しを避けるにはちょうどいい衣装だ。

だが、ただでさえ走りにくい浜辺を駆け抜け、さらに浅瀬を歩こうとするには、どうしようもなく邪魔な衣装だった。

彼女は思いきってアバヤを脱ぎ捨てる。

「ファルーク!! 戻ってきてくださーい!」

何度もファルークの名前を叫びながら、水の中をバシャバシャと走った。

ところが、さっきまで見えていたファルークの姿が、ふと気づくとどこに行ったのかまったく見えなくなってしまう。

(すぐそこに見えた気がしたのに……そんなに早く泳いでいけるもの?)

その付近をウロウロと動いてみるが、ぐるっと三百六十度眺めてみても、どこにもファルークの姿が見つからない。

ふと気づいたとき、灯里は腰まで浸かっていた。

そう思った瞬間、トクンと胸の鼓動が弾んだ。しだいにトクトクトクと、速く大きく聞こえ始める。

ファルークの「泳いでいこう」と言う誘いに応じなかった理由は、実はビキニのことだけではない。

灯里は〝カナヅチ〟なのだ。

スポーツは苦手ではない。アイススケートもすぐに滑れるようになったし、足も速く、持久力もある。球技全般も得意としていたが、水泳だけは苦手だった。

就学前に両親と行った海水浴で、灯里はクラゲに刺された。大事には至らず、痕も残っていないが、そのときの痛みと恐怖はなかなか消えるものではない。

水――とくに海が好きになれないため、泳ぎの練習も熱心にはなれない。当然、上達もせず……その結果、さらに海やプールを避けてしまう、という悪循環だった。

にもかかわらず、ファルークのもとに駆けつけたい一心で、灯里は海の中にいる。

（これってけっこう深くない？　波に身体が持って行かれそう……。ちょっと、一度浜辺に戻ったほうがいい気がする）

ビーチパラソルの位置から見たとき、すごく静かな海だと思った。

だが、いざ中に入ってみると、身体ごと引っ張られる強い流れがあって怖い。周囲には誰も見えず、ひとりぼっちだと思うとさらに心細くなる。

（な、なんで、こうなっちゃうの？　だって、ファルークの姿が見えてたのに……）

灯里は浜辺に向かって必死に歩くが、全然近づいていないように感じた。

「ファ……ファルーク……どこ？　お願い、わたしを置いて行かないで」

ファルークを呼ぶ声がどんどん小さくなる。少しずつ、少しずつ、雪だるま式に不安が膨れ上がっていく。

直後、大きな波が押し寄せてきて、灯里の身体を浜辺に向かって押した。

足が取られ、灯里は海中に沈みそうになる。そのタイミングで、今度は沖に引きずられそうになった。

「……きゃ……」

悲鳴すら波に攫われかけたとき、強い力が灯里の身体を引っ張り上げた。

ファルークの手が彼女の二の腕と腰をがっしりと摑み、腕の中に抱き締めるようにして波から守ってくれている。

灯里の身体は腰まで浸かっていたが、ファルークには太もも程度の深さだった。

彼はどんな波にも微動だにしない。その逞しさを目の当たりにして、自ら決めた答えを覆してしまいそうになる。

だが、ファルークにすればそんな呑気な場合ではなかったらしい。

「君は何をやっている⁉　泳ぐなら泳ぐと言わないか‼」

思いきり怒鳴られ、灯里は返事もできず……。

「いきなり姿が見えなくなるから、いったい何があったのかと」

ファルークの声がピタリと止まった。

それは、灯里が彼の胸に手を当て、もたれかかったせいだった。

「泳げ……ないの。ここで、死んじゃうのかって思った……怖かった」

ポツポツとようやく口を開く。

「ありがとう……ございます。よかった、ファルークがいてくれて……本当によか」

安堵とともに気が抜け、涙が零れそうになる。

だがその前に、ファルークの唇が彼女の声を奪った。これまでになく強く押し当てられ、灯里は息をすることもできない。背中に回された手も、まるで拘束するようにギュッと抱きすくめてきた。

ファルークと離れたくない。このまま彼のキスを受け入れたら、少しの間なら、妻として傍においてもらえるかもしれない。

その思いが頭をよぎった瞬間——ファルークは彼女を突き離した。

喘ぐように肩を大きく上下させ、灯里に背を向ける。

「私に触れるな！　頼むから……触れないでくれ」

それはファルークの悲鳴のように聞こえ、灯里は尋ねずにいられなくなった。

「首長を辞めるって本当ですか？　ミーラードのために、わたしを妻にするって神様に誓ったから……だから、結婚の無効も離婚もしないって。わたしが日本に帰って、普通の生活を送ることを選んだら、ファルークはものすごく困るんでしょう？　だったら……」

ついさっきまで、身体に纏わりつく海水の流れが怖かった。だが今は、傍にファルークがいるだけでホッとする。

その思いに背中を押され、灯里は思いきって告白した。

「トルワッドに……残ってもいいです。それなら、ファルークも辞めなくて済むでしょう？　スケートリンクの氷を作る職人としてはまだまだだけど、でも、少しは役に立てると思います。だから、ファルークが望んでくれたら、わたし……」

「――すまない」

「え？」

思いがけぬ即答に、灯里は動けなくなった。

「そのことは考えたが……。やはり、無理だ。すまない、灯里」

「そ、そう、ですよね。わたしなんかが、ファルークの奥さんになろうなんて、厚かましいって言うか……無謀って言うか……」

灯里は無理やり笑おうとした。

だが、頬が引き攣って上手く笑えない。

「楽しもうって言われたから、ちょっとは興味持ってもらえてるのかなぁ……なんて」

笑ってごまかしきれそうにない。灯里の目に涙が浮かんだとき、振り返ったファルークの手が彼女を抱き寄せた。

「君は魅力的だ。――わかるだろう？　このとおり、私は君が欲しい。だが、妻として受け入れるだけの度量がないのだ。許してくれ」

灯里の腰に押し当てられる、水着越しに感じる熱い昂り。

彼が求めているのは灯里の心ではなく身体だけ……。灯里を妻と呼び続けるくらいなら、首長の地位すら手放してもいいと思っている。

それはあまりにも切ない現実だった。

☆　☆　☆

灯里を先に帰し、ファルークはしばらく海の中にいた。

ふたり揃って海中に佇んでいると、浜辺に黒い人影がわらわらと集まってきた。それは女たちばかりがやって来た証拠だ。おそらく、灯里が水着姿であることに気づいたのだろう。

背中を押すと、灯里は何も言わずに戻って行った。

ファルークが海から出たとき、ビーチパラソルの近くに並ぶ人影は白一色に変わっていた。彼らは皆、トーブを着て腰には拳銃を下げた警備兵ばかりだ。

その中でひとり、グレーの軍服を着た男がいる。イシュク参謀長、本来なら、ここにいるはずのない男だった。

ファルークは濡れた身体のままトーブを着て、髪をひとつに縛る。

『イシュク――灯里に私の意向を話したのはおまえだな?』

できる限り感情を表に出さず尋ねた。

イシュクは砂上に膝をつくと、早口で訴え始める。

『花嫁候補を出していた族長たちも、十四年前のことを知って納得しておりました。閣僚たちも同じです。国民も、必ずや理解してくれるでしょう。皆、ファルーク殿下を支持しております！　どうか今一度、灯里様と話し合いを！』

『質問に答えろ。命令を無視して、灯里に告げたな？』

『はい。自分が話し――』

最後まで聞く前に、ファルークの裏拳がイシュクの顔を殴りつけていた。

『灯里には夢があり、望む仕事に就いている。そして、私と夫婦の真似事をしようものなら、顔を合わせられなくなる相手もいるという』

イシュクはハッとして顔を上げる。

『それでも、私の妻としてここに残ってもいいと言い始めた。おまえは灯里になんと言った？』

『自分はただ……』

ファルークはイシュクに詰め寄り、彼の軍服の襟を摑んで強引に立たせた。

『トルワッド軍を名乗り、彼女を怯えさせたのではないか？　佐伯教授の名前を出し、脅迫めいたことは口にしなかったか!?』

『いえ……決して、そんなつもりでは』

『そのつもりはなくとも、相手が怯えれば威嚇《いかく》と同じだ!!』

そう怒鳴りつけたあと、イシュクから手を放す。

そのまま、イシュクは砂上にひれ伏した。

『どのような処罰も覚悟しております。自分の言動は……威嚇であったかもしれません。あるいは、卑怯な言い方をしたかもしれません。それでも、灯里様にはこのまま首長夫人でいていただきたく思います!!』

周囲を取り巻く警備兵たちは、ふたりに近寄ることすらできずにいた。

軍の最高位である参謀長が、この上なく穏やかな首長の逆鱗に触れるなど、これまで考えられなかったことだ。ふたりを取り成せる身分の者もおらず、警備兵たちは固唾を飲んで見守ることしかできない。

そんな警備兵たちの視線を受け、ファルークは拳を握り締めた。

彼の胸にはやり場のない怒りがある。その原因がイシュクでないことくらい、充分にわかっていた。

灯里が欲しい。

心も身体も欲しいと思う。

願わくは本物の夫婦となり、末永く暮らしたい。それなのに、滾るような思いは未来だけでは済まず、灯里の過去まで独占したいと思うのだ。

灯里に触れるたび、ささいな仕草から他の男の影を見てしまう。すると、ファルークはたちまち冷静ではいられなくなる。

昨日は先進諸国の男たちを見習い、灯里が日本に帰るまでの気軽にセックスを楽しむ関係を提案してみた。

だがそれは、灯里のほうから断られてしまった。

にもかかわらず、ファルークが首長を辞めるつもりでいることを知ると、協力を申し出てくれた。

イシュクには彼の責任のように言ったが、灯里の申し出は彼女の優しさだ。

灯里は思いがけない出来事に巻き込まれても、マイナスばかりを数えていたりはしない。プラスを見つけ、前に進もうとするのが彼女の強さだ。他人と比べ、不甲斐ない自分を嘆くファルークに代わって、スケートリンクを造りに行くとまで宣言してくれた。

十四年前の儀式が結婚の儀式であったこと。夫の存在すら知らなかったのに、いきなりトルワッドの首長夫人になっていたことは、灯里にとって迷惑以外のなんでもない。

それでも彼女は、ファルークに説明を求めたことはあっても、ファルークを責めることはしなかった。

灯里ならこの国に住むことになっても、新しい目標や幸福を見つけることができるだろう。そんな彼女なら、国民も首長夫人として受け入れてくれるに違いない。

頭の中ではそう理解しているのに、ファルークの心がいつまでも嫉妬の炎を消そうとしなかった。

いっそ彼女への思いごと燃え尽き、灰になってしまいたい。しかし、恋愛感情というのは厄介なもので、まったく思いどおりにいかず、いつまでも燻り続けてファルークを悩ませている。

ファルークは大きく息を吐くと、イシュクに命じた。

『もういい。立て』

『殿下、灯里様には自分が謝罪いたします。この首を差し出してもかまいません。ですから、どうか……考え直してください』

縋るような目でイシュクは見上げている。

灯里の夢はトルワッドでも叶えさせてやれる。

そして、ファルークが愛の言葉を口にすれば、彼女の心から他の男の存在など、追い出すことも可能だろう。

そこまで考えながら、最後の一歩が踏み出せずにいた。

情けないファルークの本性を知れば、このイシュクも呆れて見放すはずだ。そう思うと、自嘲めいた笑みを浮かべずにいられない。

『我が国は女性の地位向上を目指し、男女均等に学べる機会を与え、近い将来、結婚や職業選択にも自由を与えようとしている。それなのに、九歳の少女を騙すようにして妻としながら、責任まで押しつけろと言うのか?』

ずるい言い方だと承知の上で、ファルークは本心を隠す。

国家の政策を大義名分にされては、さすがのイシュクもそれ以上言い返してはこなかった。

☆　☆　☆

ジナーフ宮殿に滞在して五日目。ファルークは灯里のことを避けているのか、宮殿に戻ってくることもない。

そんな兄の代わりにと、ミーラードは灯里にいろいろと気を使ってくれる。

新しく造られたばかりのアラブ最大規模の美術館に連れて行ってくれたり、ファルークやミーラードの馬も預けているという馬術クラブや競馬場を案内してくれたりした。

ただし、トルワッドはギャンブルが禁止なので、日本の競馬場のようにお金を賭けたりはできない。もちろん、レースに勝っても賞金はなく、勝利馬や馬主に与えられるのは名誉だけだと言う。

あとは世界中のブランドが出店しているショッピングモールで買い物を楽しんだあと、併設された建設中のスポーツセンターも見学させてもらった。

そのスポーツセンターの地下にスケートリンクが造られる予定だ。

ファルークの提案では、リンクを最上階に設置し、アリーナと同じく天井を開閉式にしたかったらしい。だが、トルワッドの日中の平均気温は冬場でも二十度を超える。夏場となれば四十度を超える日も珍しくない。さすがに最先端の技術を駆使しても、氷の維持が難しいと専門家に言われ、地下に変更したという。

ミーラードは顔を輝かせながら、テレビで見たフィギュアスケート選手が履いていた白いスケート靴で滑るのが夢だと話す。

『灯里がここに氷を張ってくれるんでしょう？　わたくし、一度も滑ったことがないの。だから、スケートの滑り方を教えてね』

満面の笑みを浮かべたまま、灯里の手をしっかりと握った。

そんなミーラードに、自分はあと数日で日本に帰る。帰ったら、もう二度とトルワッドを訪れることはないだろう。せめてリンクの設営には力になりたかったが、妻でいたいと望んだせいで、それすらも叶わなくなった――とは言えなかった。

（どうしよう……いつまでも黙っていられないし……）

年代物のシャンデリアから降り注ぐＬＥＤの光。天井の通風孔《つうふうこう》からは涼しい風が吹き込んでくる。

スタンダードなジェラビアに身を包み、灯里は〝女主人の間〟に佇んでいた。

だが、この瀟洒な雰囲気にまったく溶け込めていない気がする。

（こういうのも、ファルークにふられた理由かな？）

ひとりになると、どうしても余計なことを考えてしまう。

ついさっき切ったばかりの電話の内容も、灯里にとっては悩みが増えただけだった。

「うん、至れり尽くせりってヤツ。すっごく大切にしてもらってるから、お父さんも心配しないで。あと二、三日で帰る予定だし。お母さんと陽香にもそう伝えておいて」

電話の相手は父、幸一郎。ファルークからいきなり、十四年前のことを公表したと聞かされ、灯里の身を案じていたと言う。

彼女のほうから早く連絡すればよかったのだが、この特殊な状況下では、電話をかけていいものかどうかもわからない。

しだいに——気の回るファルークのことだから、灯里の家族が心配しないよう、適当に話をしてくれているはず、と思い込んでいた。

「そうか……だったらいいんだがね。いや、もうおまえに会えないんじゃないかと思って、それが気がかりでね」

幸一郎の深刻そうな声に、灯里はびっくりする。

「そんなわけないじゃない。それとも、ファルークがわたしになんかするって思ってた？お父さん、ファルークのことを信用してるんじゃないの？」

「信用してるさ。そうでなきゃ、パスポートなしで国外に連れ出された時点で、娘が誘拐されたって騒いでるところだ」

そんなことをすれば、事態は国際問題に発展する。灯里の名前や顔写真も公開されるだろうし、たとえ無事に帰国できたとしても、普通の生活には戻れないだろう。

現時点で、九歳でファルークと結婚してトルワッド首長夫人になった日本人女性が灯里である、という報道はされていない。当然、顔写真も出回っていなかった。

ただ、都立公園の職員やアリーナの従業員たちは、それなりに事情を察していることだろう。アリーナに戻っても働きづらいだろうな、とは思う。しかし、今回の件を理由に解雇されることはないはずだ。

(岩倉チーフの嫌みが減るとありがたいんだけどなぁ。あと、永井さん……)

「とりあえず、首長殿下が帰国されてから、僕たちの件はゆっくり話し合おうよ」

性懲りもなく、そんなことを言っていた。

だが〝現代のシンデレラ〟が灯里だと知れば、さすがにあれ以上迫ってこないと思う。

灯里が永井のことを考え、ため息をついたとき、電話の向こうから心配そうな声が聞こえてきた。

「なあ、灯里。このまま日本に戻れば、もう二度とファルークには会えなくなるぞ。それでもかまわないのか?」

胸に針が刺さったように、チクンとした。

ファルークは灯里との結婚を無効にせず、離婚の手続きを取るつもりもない。もちろん、それをおおやけにする気がないから、首長の地位を降りると言っているのだ。灯里の身に危険が及ばないように、という配慮だろう。

そんな形で帰国した灯里が、ふたたびこの国を訪れたら……そのときは何が起こるか想像もつかない。

（ファルークを捨てた悪女とか言われて、石を投げられたりして……）

まさかと思いつつ、あり得ないとも言いきれない。なんと言っても、灯里は国民に大人気のファルークを首長の座から引きずり下ろした張本人になるのだ。この国だけでなく、近隣諸国を訪れることもできないかもしれない。

当然、ファルークの立場を考えれば、彼が日本を訪れることもなくなる。

だが――。

「そんなこと言っても、ファルークが決めることだもん。第一、わたしの意思で結婚したわけじゃないのに、わたしにどうしろって言うの？　でも、まあ……首長夫人の地位はちょっと惜しいかもね」

最後は冗談めかして言ってみる。

すると、幸一郎はやけに真剣な声で返してきた。

「ファルークのお父上――シーク・タルジュがいなければ、お父さんは生きてなかっただろう。だからこそ、クーデターが起こったとき、なんとかファルークたちを助けたいと思ったんだ」

ちょうど、あの儀式の一年前にクーデターは起こった。

幸一郎は慌ててトルワッドの大使館に問い合わせたり、近隣諸国の知人に連絡を取ろうとしたり、彼なりに奔走した。

そんな彼にもたらされた情報は、『首長夫妻は死亡。兄妹の生死は不明』というものだった。

だからこそ、一年後にファルークから救いの手を求められたとき、幸一郎は一も二もなく応じたと言う。

「お母さんは最初、大反対していてね。向こうに着いてからも、ずっと迷っていたんだ。でも、ミーラードの命がかかっていると聞き――絶対におまえの人生から選択の自由を奪わないことを約束させ、やっと許してくれた」

その後も、ファルークの来訪を喜ぶ幸一郎とは違い、母の弥生はどこか冷めた態度だった。小学校の先生である弥生は、普段からカッとなって怒るタイプではない。そのせいとばかり思っていたのだが、どうやら弥生はファルークの来訪そのものを歓迎していなかったのだ。

灯里がそのことを確認すると、幸一郎は言葉を濁しながらも認めた。

「十代の灯里をその気にさせ、砂漠に連れて行くつもりじゃないか……なんて言ってたこともあるな。いや、お母さんの冗談だろうけどね」

(それ……冗談に聞こえないから)

心の中で反論してみる。

おそらく弥生は本気で案じていた。だからこそ、自宅に招くのは不本意ながら、自分の目の届かない場所でファルークと灯里が接触することを嫌がった。

「ファルークは過酷な十代を過ごしたから、自分の正直な気持ちを口にすることが苦手だ。でも、両親や周囲の人々に愛されて育ったから、愛情を注ぐことがいかに大切か知っている男だよ」

幸一郎は切々と語るが、灯里には父の真意が読めない。

「灯里、いつでもおまえの帰ってきたいときに、帰ってきなさい。そして、いつでも好きなときに、行きたい場所に行くといい」

「お父さん……？」

「おまえに二度と会えなくなるのは勘弁してほしいが、おまえが選んだ道なら、お父さんは止めないから。こっちのことは気にしなくていい。いや、そのことだけは言っておきたくてね」

そこまで聞いて、灯里はハッとした。

幸一郎は誤解しているのだ。ファルークに残留を乞われながら、灯里が両親や妹のことを心配して帰国しようとしているのではないか、と。

残ってもいいと言った灯里に、ファルークは「無理だ」と返した。

灯里はチクチクした胸の痛みが、ズキズキし始めるのを感じる。

それは勘違いだから、と言おうとして言えず……灯里が口にした言葉は「うん、わかった」だった。

（やだ、お父さんってば。あなたの娘はもう返品されてますよ――なんて、言えるわけないじゃない）

ズンと落ち込みながら、灯里は長椅子のクッションを抱き締める。そのまま横にコロンと転がったとき、入り口の扉がコンコンとノックされた。

灯里は慌てて身体を起こす。

『はい！』

『アミナでございます。ファルーク殿下のお越しにつき、先触れに参りました』

「え……ええっ!?」

時計を見るとまだ十五時。夕食には早過ぎる時間だと思ったが、まさかファルークがやってくるとは予想外だ。

滞在二日目に首長公邸のプライベートビーチで別れて以降、食事や挨拶で顔を合わせることはあっても、部屋を訪ね合うことはなかった。

それが急に個室でふたりきりなんて、呼吸が乱れて血圧まで上がりそうだ。

（いやいや、待って。ふたりきりとは限らないんじゃ……）

『ねえ、アミナ。ひょっとして、ミーラードもご一緒かしら？』

『ファルーク殿下、おひとりでございます。お迎えの準備をいたしますので、失礼いたします』

言うなり扉を開けて入ってきた。

それもアミナひとりではなく、数人の女官たちが入ってきてテキパキと準備をし始めた。開いていたカーテンを閉めたり、煌々とした明かりを少し暗めにしたり、寝室のほうにも常夜灯を灯したりしている。

女官たちの準備が寝室まで及んでいることに、寝室を使うことが前提みたいでどうにも恥ずかしい。

直後、今度はノックされることなく、ファルークが入ってきた。

至近距離で対面するのは三日ぶりだ。少しやつれたように感じる。それが自分のせいだとわかっているだけに、灯里は居た堪れなくなった。

『長居はしないので、細かな準備は不要だ。アミナ、女官たちを連れて出て行くように』

ファルークのアラビア語にドキッとする。

思えば、彼と話をするときはほとんどが日本語だった。

アミナたちはすぐさま手を止め、全員が静々と引き揚げていく。彼が命じてから一分足らずで、部屋の中はファルークと灯里のふたりだけになった。

「急にやってきて、驚かせたかな？」

「……いえ」

「佐伯教授から電話があったと聞いた。一応、説明はさせてもらったのだが……さぞ、心配されていただろう」

「……いえ」

なるべく部屋の隅に寄り、ファルークのほうを見ないようにして答える。

これ以上、無駄な期待はしたくない。玉砕覚悟の告白だったとはいえ、粉々になるまで砕かれては立ち直れない。

灯里のそんな気持ちをどう受け止めたのか、ファルークも彼女から一番遠いソファに腰を下ろした。

「いい報告だから、安心しなさい。明日、日本までチャーター機を飛ばすことになった。それに乗って、君は帰国できる」

「それは……いい報告、ですね」

棒読みで口にできたのはそれだけだ。

「国内をいろいろ案内したかったんだが、しばらく国を空けていたので、仕事が溜まっている。何もしてやれなくて、申し訳ない」

ファルークの声も灯里に負けないくらい棒読みに聞こえる。そんな理由はないので、きっと耳が変になっているのだろう。

「ミーラードに案内してもらいましたから……」

「ああ、馬術クラブにも行ったらしいな。君も馬に乗ったのかい？」

距離を取ったまま、わざとらしいほど優しい声で尋ねてきた。

そんな彼に合わせて、灯里も頭の中で台詞を考える。

「いいえ、乗馬の経験はありませんので。でも、どの馬もとても綺麗でした。ミーラードの騎乗も素晴らしかったです。日本に帰ったら、わたしも乗馬を経験してみたいと思いました」

まるで小学生が書いた作文を読んでいるかのようだ。

「それはいい。そのときは、私が馬をプレゼントしよう」

「がっしりした馬をお願いします。わたしが乗っても大丈夫のような」

「覚えておこう」

「……」

これを不毛な会話と言うのだろう。灯里はそんなことを考えながら、ただ、立ち尽くしていた。

そのとき、何ごとか思いついたようにファルークが立ち上がる。

つかつかと大股で部屋を横切り、扉の前に立った。

「これから出かけるので一緒に食事はできない。それから……ミーラードには君がいなくなってから話すつもりでいる。承知しておいてくれ」

早口で言うと、ファルークはやって来たときと同様、そそくさといなくなった。

彼が傍にいると、悲しくて切なくて苦しくなる。だがいなくなると、もっと悲しくなるのはどうしてだろう。切なくても、苦しくても、ずっと彼を見ていたい。一緒にいたいと思うことは、本当に不毛で無駄なことなのだろうか？灯里の足は自然にファルークが消えたほうに向かい、ウォルナットの扉に手を当て、そっと額を寄せる。

この程度では玉砕とは言わないのかもしれない。もっと、粉末になるくらいぶち当たれば……いっそ、すっぱり諦めもつくのではないか。

扉を開けて、ファルークを追いかけるべきかどうか悩んでいたとき――なぜか、扉のノブが回った。

「え……あ……きゃあっ！」

まったく警戒もせず、扉にもたれかかっていた。それが外に向かって一気に開いたのだから、灯里は勢いよく顔から廊下に激突しそうになる。

「なっ……!?」

そんな灯里の身体を、正面から受け止めてくれたのがファルークだった。

どうしたことか、彼は灯里の部屋に引き返してきたらしい。

「君はいったい、扉のところで何をしていたのだ？」

「な、何も……」

まさか、あなたを追いかけるかどうか迷っていました、とは答えられない。

三日ぶりのファルークの胸は、以前と変わらず温かかった。彼の傍から離れたくない。

そう言いたいが、突き放されるのが怖くて言えない。

必死に言い訳を考える灯里だったが、疑問のほうが先に浮かんだ。

「どうして、戻ってきたんですか？」

一刻も早く、灯里の前から立ち去りたい様子だった。ファルークが戻ってくる理由が思いつかない。

「それは……これから出かけようと思って……」

よほど言いづらいのか、ファルークは中途半端に口を閉ざす。

「す、すみません！　わたし、首長殿下に対して失礼なことを聞いてるんですね？　だったら、とくに返事は……」

「殿下ではない、ファルークと呼べ！」

灯里は目を丸くして彼の顔をみつめる。

「どうしても、君を連れて行きたい場所がある。灯里、どうか私と一緒に来てくれ！」

叫ぶようなファルークの声に驚きつつ——彼女はコクコクと首を縦に振った。

すると、すぐさま横抱きにされ、彼は飛ぶように廊下を駆けていく。

そのスピードにびっくりして、ファルークの首に抱きついたまま尋ねた。

「あ、あの、どこに行くのか……聞いても、いいですか？」

彼はひと言で答える。

「——砂漠だ」

第六章　砂漠の初夜

「いつか、僕の国の美しい砂漠を君に見せてあげよう」

――それは十四年前の約束。

何度も夢の中に出てきた少年の言葉。ファルークの存在をきちんと理解したあとも、あの言葉は幻のようなものだとずっと思っていた。

決して叶わない、叶うはずのない、約束なのに……。

灯里は今、トルワッドの砂漠に立っていた。


月の砂漠というフレーズを聞いたことがある。だが今、灯里が目にしているのは星降る砂漠と言うべきかもしれない。

ジナーフ宮殿から砂漠の入り口にある町までは車だった。そこに馬が用意してあり、灯里はファルークに抱きかかえられるようにして馬に乗せられる。

そのころには、完全に日が暮れて空には無数の星が瞬いていた。

「……ラクダじゃないんですね」

馬の背に揺られながら、灯里はポツリと呟く。

「君はラクダに乗りたかったのか？」

「そういうわけじゃ……ただ、砂漠はラクダってイメージがあったので」

馬でもラクダでもいい。ファルークと一緒に乗れるなら、牛でも象でも喜んで乗るだろう。

涼しい風が馬上のふたりの衣服を靡かせた。砂漠の昼と夜は気温の差が激しいと聞いていたが、それほど寒くは感じない。

「砂漠の夜って、もっと寒いのかと思ってました」

「広大な砂漠の中央部は、夜には氷点下になる地域もある。だがこの辺りは、昼夜とも砂漠を移動できる気温だ。そうでなければ砂漠を観光地として利用するのは危険だろう」

ファルークはトルワッドの海と砂漠を利用して、観光立国として成功させたいと言う。

今はふんだんにある地下資源だが、それには限りがある。限りある資源に頼りきったままで、GDPは世界最高レベルと言ってはいられない。

そのためには、首都ナーマを金融都市として発展させ、子供たちの教育にも力を入れる必要がある。小国のため、人口は二百万人を少し超えた程度だ。男女の差別を撤廃し、女性にも充分な教育を施して、優秀な人材を登用していかなくては、トルワッドに未来はない――。

ファルークは本当に砂漠とこの国が好きなのだろう。

滔々と語り続ける彼の横顔を、灯里は嬉しい気持ちでみつめていた。

「ああ、すまない。このような話、君には退屈だろうな」

「そんなことないです。あの……ファルークはやっぱり、首長は辞めないでください。だって、こんなに国の未来や国民のことを考えているんだもの。辞めちゃダメですよ」

ファルークの負担にならないよう、できる限り明るい口調で語る。

「わたしが日本に帰ったら、いっぱい悪口を言ってください。十四年前には本当に何もなかったんだから、結婚は無効にするって言えばいいんです。そして、他の人と……」

結婚してください、と続けようとして、言えなかった。

ファルークも何も答えない。

ふたりはそのまま星の明かりに照らされ、数時間後、砂漠の中に設営された大きなテントに到着したのだった。

灯里の記憶にある砂漠の夜は、テントの傍で篝火が焚かれていた。

その朱色の光に照らされたテントは、闇の中にぼうっと浮かんでいたように思う。でも今は、星明かりに照らされ黒い大きな影が見えるだけだ。

「ああそれは、アルドのクライシュ族が使うテントは生成りの色だからだ。我がアル＝サティーヤ族が使うテントは黒。ヤギの毛皮を原料にしている」

ファルークが口にする砂漠の部族は、このトルワッドだけで二十以上存在する。アル＝サティーヤ族はその中で最も歴史があり、トルワッドの王族と呼ばれていた時期もあった。だが、現在はほとんどの部族が名前だけになり、遊牧を続ける人々はごくわずか。多くの人々は首都ナーマに定住している。

だが、そのごくわずかな中に、アル＝サティーヤ族の人間が多く含まれていた。彼らは砂漠を移動しながら暮らし、黒ヤギやラクダを育てて生計を立てている。

「この一帯は観光客には開放していない。水場も多く、貴重なオアシスを荒らされたくないからね」

テントに近づくと、灯里は馬から降ろされた。

太い杭が数本あり、ファルークはそこに馬を繋ぎ留める。

「ここにオアシスがあるんですか？」

「ああ、椰子の向こうにある。オアシスが見たいのかい？」

灯里は力強くうなずいた。

いろいろ想像しようとするが、具体的な映像は出てこない。オアシスという単語だけがひとり歩きしていて、本物のオアシスというものがピンとこないのだ。

しかし、どうしても興味を惹かれ、灯里は椰子の向こうにひとりで行こうとした。

そこを、ふいに手首を掴まれて引き止められる。

「待ちなさい、灯里！　夜に水辺を歩くときは、充分な注意が必要だ。岩や木の近くも同様に危険が潜んでいる」

慌てた様子のファルークに、灯里は苦笑した。

「そんなに心配しなくても……わたしはもう九歳じゃないんだし、充分に注意しますから。毒ヘビや毒グモが出るって脅かしたら、また泣いて困らせますよ」

気まずさがふたりの間に漂わないよう、茶化した口調で続ける。だが、ファルークは彼女の手首を摑んだまま、その力を緩めようとはしない。

「あの、ファルーク？」

「この辺りにはたいした毒性を持つヤツはいない。……ヘビとクモは」

ホッとしかけたが、その息が吐く途中で止まる。

「猛毒を持つサソリが数種、この辺りで確認されている。サソリも夜行性だ。充分に注意したまえ」

言い終えると彼はパッと手を放した。

直後、足元でカサカサッと何かが動いた気がして――。

「きゃあっ！」

灯里はとっさにファルークの首に手を回し、抱きついていた。

「どうした、灯里。オアシスは見に行かないのか？」

「ファ、ファルークの意地悪っ！」

ファルークは思わせぶりに笑うと、彼女の腰に手を回した。抱き上げたまま、平然と歩き始める。

歩きにくいのではないか。足を下ろしたほうがいいのではないか。と思うのだが、猛毒サソリがいると聞いては、怖くて下ろせない。

（だから、足がたくさんあるヤツと全然ないヤツは苦手なの！　まだミミズのほうがマシかも。毒ミミズって聞いたことないし……でも、砂漠にいたっけ？）

恐怖のあまり、灯里は意味不明のことを口走ってしまう。

「あ、あのっ……この辺に、ミミズっていますか？」

「いや、聞いたことはないな。ああ、だがどこかの砂漠に、体長五十センチを超える毒ミミズが生息するそうだ。この辺りにもいないか、一緒に探検してみるかい？」

灯里が黙り込むと、ファルークは声を立てて笑い始めた。

「冗談だ、灯里。泣きそうな顔をしなくても、日本でツチノコを探そうと言っているようなものだ」

外国人のファルークが、よくそんな「ツチノコ」なんて名前を知っていたと感心する。

「ほら、ここがオアシスだ。水面に無数の星が散らばっている」

そっと地面に下ろされ、灯里はビクビクしながら自分の足で立つ。

そのとき、ファルークが耳元でささやいた。

「砂漠近くの町で、服だけでなく靴も履き替えただろう？　分厚い革のブーツは、サソリの針や毒ヘビの牙から身を守るためのものだ。ふいの遭遇なら心配はいらない」

「……!?」

口を開きパクパクさせる彼女の顔を見ながら、ファルークは続ける。

「万一刺されても、テントには血清が準備してある。ドクターヘリも三十分以内に到着する。これで安心かな？」

「それならそうと、最初から言ってください！」

重々しいブーツの感触をありがたく思いながら、灯里はオアシスをみつめた。

夜の闇と星明かりで見たせいかもしれない。三日月形のオアシスは、灯里がなんとなく思い浮かべたものより、だいぶ小さかった。

水辺には少しだが草も生えているようだ。それらはとても貴重なものに思え、間違っても踏みつける気にはならない。日本で目にしたらただの雑草で、さっさと抜いてしまうだろうに……不思議なものである。

そのとき、腰に回されたままのファルークの手に、ほんの少し力が加わった。

「ここは数世紀前まで、木々が生い茂りもっと大きなオアシスだった。うっすらだが、遠くに黒い影が見えるだろう？」

ファルークが指さした方向を見る。

黒い影と言われたら、そんなものが見えるような気がしないでもない。

「あの辺りに宮殿跡がある。大きなオアシスもあったが、水が涸れて、当時の王族は別の場所に移ったらしい」

「それって、このオアシスの水も近いうちに涸れるってことですか？」

ファルークは灯里に甘えるようにもたれかかると、

「そうかもしれない」

小さな声で答えた。

「専門家の意見では、完全に枯渇するまでには百年以上かかると言われたが……。次にここを訪れたとき、このオアシスがなくなっている可能性はゼロではない」

宮殿跡の方向から風が吹いてくる。

わずかな熱を含んだ風は椰子の葉を揺らし、オアシスの水面から星の煌めきを消し去った。砂の舞うサラサラという音が聞こえ、白いトーブと黒いアバヤの裾が絡み合うように風に靡く。

顔を上げたとき、すぐそこにファルークの唇が見えた。

灯里は彼の頬に手を添え、踵を上げて背伸びした。彼女の唇はファルークの唇を掠め、二秒ほどで離れる。

「あ……ごめんなさい。ファルークが泣きそうに見えて……そんなはずないのに、申し訳ありま……せ……」

片方の手を灯里の腰に当てたまま、ファルークはもう片方の手で、彼女の頭をすくい上げるようにして口づけた。

ファルークの唇は、理性も何もかも投げ捨てるほどの熱を秘めていた。

「明日には必ず君を送り返すと、佐伯教授と約束した。それなのに、君が抱きたい。欲しくて堪らない。こんな事態は初めてだ。自分がどうすればいいのか……自分でわからないとは」

心の底から困惑したようなファルークの声。

灯里は目を開いてしっかりと彼の瞳をみつめ、胸の中から消えない願いを言葉にした。

「わたしも、あなたに抱いてほしい……です」

ここまで言って、やっぱりやめておこう、となったら、今度こそ玉砕ならぬ粉砕だろう。

「こんな形で君を抱いたら、後悔することになるだろうな」

ファルークは迷っている。

なぜなら、灯里を抱くことは禁を犯すことになるからだ。

灯里の中に特定の神はいない。ファルークが何を恐れているのか、本当の意味で理解することはできない。

それでも、このまま帰国したら、灯里は一生ファルークを引きずるような気がする。

「抱かれなかったら、百パーセント後悔します」

「どちらにしても、後悔することになるわけだ。それなら……」

「やらずに後悔するより、やって後悔するほうを、わたしは選びます！」

強く宣言してから、早速後悔した。

（わたしって馬鹿？　こんなときに〝やる〟とか〝やらない〟とか、ファルークの前でなんて言葉を口にしてるのよ）

女性の慎みはおろか、情緒も何もない台詞だった。ファルークほど日本語が達者なら、灯里の失言に引いてしまう気がする。

「いえ、そういう意味じゃ……えっと、すみません」

フォローの言葉すら思い浮かばない。

アタフタする灯里だったが、ファルークは軽く笑いながら、彼女の額に唇を押し当ててきた。

「君の気持ちはよくわかった。後悔はさせない。罪はすべて私が引き受ける。だから……お願いだ、灯里。私に一夜の夢を与えてくれ」

返事は声にできなかった。

灯里は彼の胸に抱きつき、ゆっくりとうなずいた。

☆　☆　☆

テントの中に広がるのは、真っ黒の外見からは想像もできない世界。

四隅に蠟燭《ろうそく》の明かりが点され、床一面に敷き詰められた色鮮やかな絨毯が目に飛び込んでくる。同じ大きさの二本の支柱が立てられ、その柱の間に、高さ三十センチ程度の寝台が置かれてあった。

寝台はジナーフ宮殿のファルークのベッドと遜色ないサイズだ。

横抱きにされて、灯里はここまで連れてこられた。寝台にそっと下ろされ、彼女はそのまま座り込む。寝台の上には立派なマットレスが置いてあるらしく、灯里の体重をふわりと受け止めてくれた。

ファルークは寝台から少し離れた場所に立つと、無造作に頭のグトラを取った。

そしてトーブを脱いだ彼の上半身は、何度見ても素晴らしい体躯だ。胸の筋肉を眺めているだけで、灯里は頬が火照り、ため息まで零れてしまう。

「灯里、そんなにみつめるものではない」

蠟燭の明かりに、彼の頬がうっすらと上気して見える。

灯里は目のやり場に困ったあと、自分も脱ぐべきかもしれないと思い、とっさに自分のアバヤのボタンに手をかけた。

すると、ファルークは飛びつくように灯里の手を握る。

「ダメだ。君の服は、私が脱がせたい」

言うなり、彼の手が頭にかぶったヒジャブを取り、アバヤのボタンをひとつひとつ外していく。

アバヤの下は、セルリアンブルーのブラジャーと同じ色合いのペルシャ更紗で作られた巻きスカートだった。

「ずいぶんとセクシーな衣装だ。準備はサアダーンに命じたのだが、まさか奴の趣味ではあるまいな」

少し困ったような口調に、灯里のほうがクスッと笑う。

「ひょっとしたらアミナかも。だって――砂漠の男は熱いものです、とか言ってましたから」

ファルークの好みを口にして、灯里に白いビキニを渡したのは彼女だ。

ブラジャーは寄せて上げるタイプで、豊かとは言えない灯里の胸にもしっかりと谷間ができている。巻きスカートは重なる部分が少なめで、ちょっと動くとスリットが入ったように太ももまで丸見えになりそうだ。

思ったとおり、灯里が身体の向きを変えようと膝を立てた瞬間、巻きスカートが左右に開いた。

真っ白い太ももの奥に、ブラジャーとセットになったショーツが垣間見える。

慌てて閉じるが、彼の視線はすでに灯里の下半身に釘づけだった。

ファルークは亜麻色の髪をほどき、トーブの下に穿いていたズボンも脱ぎ捨てる。寝台の横には、ふたりの脱いだ衣装と二足のブーツが転がった。

「アミナの言葉は正しい。私の熱さを君に教えてやろう」

重なった唇から彼の熱が伝わる。

次に背中を擦り、ブラジャーを外された。彼の唇が鎖骨から胸の谷間に下り、灯里は素肌でファルークの熱を受け止めていた。

胸を撫でる指先はとても優しく……ゆっくり、ゆっくりと未熟な肢体に官能の火を灯していく。

「ぁ……ふ……やっ……んっ」

口を閉じ、唇を噛み締めても、甘い声は漏れてしまう。

ファルークはそのまま体重をかけて灯里を押し倒した。彼女は寝台の上に、仰向けのまま転がされる。

天井がやけに近い。灯里はそのとき初めて、寝台の上に天蓋《てんがい》のようなものがついていることを知った。

「なぜ、我慢する？　ここには私たちふたりだけしかいない。その可愛い声を、私にも聞かせてくれ」

「だって……ファルークに、聞かれ……るのが、恥ずかし……い、あっ」

柔肌を伝う唇が胸の頂にたどり着いたとき、灯里の口から嬌声《きょうせい》が零れた。

舌先で転がされ、何度も舐ったあと、強く吸われる。ファルークの舌の動きに合わせ、

灯里は背中を反らせてピクピクと跳ねるように震えた。

「君の一番恥ずかしい場所に、唇を押し当てた関係なのに？」

ファルークは反り返る灯里の背中を擦りながら言う。

「言わ……ない、で。そんな……こ、と、言っちゃ……やだぁ」

「こんなに感じやすい身体をしながら、君は時々うぶになる……それだけで、私の理性は粉々に砕かれてしまう」

胸に吸いつきながら、彼の手は灯里のあらゆる場所に伸びていく。だが、ファルークが呟いた言葉の意味はよくわからなかった。

こんなに感じやすいなど、灯里にわかるはずもない。これまでの人生で、男性に素肌を許したことがないのだから。

だが、こんなにも感じてしまうのは〝ファルークだから〟ではないだろうか。

チャンスがあるなら経験してしまいたい、と思ったことは事実だ。だが、ファルークでなければ応じなかったと思う。これがもし永井であったなら、灯里はこの先も処女でいることを選んだだろう。

（ファルークだから……なのに。それすらも、受け入れてはくれないの？）

灯里に触れる彼の指先は繊細で、そして唇はこんなにも熱い。

それなのに、ファルークの心に愛情の火を点けることはできないのだ。それが悔しくてならない。

愛情ではなく欲望で求められている。

いざこのときになって、現実が灯里を打ちのめした。

そのとき、ファルークの指先が太ももに触れた。しだいに掌を押し当て、大きく広い範囲をゆったりと撫で擦る。それは少しずつ脚の付け根に近づき、やがてショーツにたどり着いた。

「あ……あっ、そこは……ちょっと、待っ……ぁん、んんっ」

ショーツの上から触られることに、灯里の羞恥心はいっそう煽られていく。

花芯を布地越しにキュッと抓んだあと、手を放してクルクルと円を描くように押し回した。

ほんの少し強い愛撫と、引き際の早さ。それを何度も繰り返されるうち、螺旋階段を上るように、灯里の官能も一段ずつ引き上げられていった。

指先で強くショーツを押されたとき、グチュッと恥ずかしい音がテントの中に響き渡る。

灯里は赤面したが、彼はおかまいなしに淫らな音を響かせ続けた。しだいにショーツの色が変わり始め、溢れ出る温もりの心地よさに身を委ねそうになる。

「はぁうっ……やぁ、やっん……そこ、は……触ったら、ダメェ……お願い、もう……あぁっ」

ファルークは何度も淫芽を責め立ててきた。そして、灯里が息も絶え絶えになるのを見計らい、ショーツの隙間から指を差し込んだ。

一気に蜜壺の中まで指を押し込まれ、指ですくい取るように蜜を掻き混ぜる。

「こんなに感じて濡らしてしまっては、お行儀よくなどしていられないだろう。一度、達《い》かせてあげよう。ほら、ここが感じると正直に言ってみなさい」

灯里の羞恥心を刺激するような、いやらしい言葉。

ほんの少し目を開け、ファルークの顔を見たとき、灯里はゾクッとした。彼の目は欲望に喘ぐような色をしている。

(わたし、ファルークに嫌われてる？　だって、わざと恥ずかしいことを言わせようとしている、みたいな……。でも、どうして？)

それは、望んでも望んでも与えられない何かを渇望するまなざしに見えた。

「か、感じる、とこを……言うんですか？」

「そうだ。君からねだってくれないか？　もっと欲しい、と。もっと、情熱的な男の昂りが欲しい——私にそうねだってくれ！」

ファルークとひとつになりたい。

その気持ちに偽りなどないが、灯里のほうから言うとなると……。

「あなたに、抱かれたい。でも、ファルークは……欲しくない、の？　わたしが、欲しいって言ってくださ、い。抱き……たいって。さっきは、そう言って……くれたの、に」

クチュ……ズチュ……卑猥《ひわい》な水音は、少しずつ粘着質を帯びた音に変わっていく。

言ってしまえばいい。

どうせここまで来たのだから、ファルークにあなたが欲しいとねだれば、ふたりはすぐに繋がることになる。

灯里が降参して口を開こうとした、そのとき――彼女より早く、ファルークが白旗を振った。

「私の負けだ、灯里。君が欲しい。抱きたくて、抱きたくて、堪らない」

彼の指がショーツを引き下げ、セルリアンブルーの小さな布地が爪先から抜かれる。

「……ファルーク」

彼はすぐに挿入するのだと思った。だが、その前に避妊具の装着を忘れない。

灯里の頭の中に、エレベーターの中で言われた「無用な危険を冒すのもごめんだ」という声が冷たく響いた。

「わたしって、ファルークにとって〝無用な危険〟でしたっけ……」

灯里がポツリと呟くと、ファルークは即座に言い返してきた。

「君にとって、だ。トルワッドに縛られるような危険は冒したくないだろう?」

早口で言い終えると、灯里の脚の間に腰を下ろす。

想像以上に大きく脚を開かされる。ファルークの身体が少しずつ前屈みになり、自然に灯里の膝が折り曲げられていく。

そして――ファルークの昂ったペニスが灯里の秘所に押しつけられた。

指より熱くて太い。そして、舌先より硬いファルークの分身。彼は力任せに挿入しようとするが、灯里の躰はなかなか受け入れようとしない。

「私は、嫌がる君を、無理やり求めているのだろうか？」

意識的に彼女が拒絶している、と思ったのだろう。

もちろん、そんな思惑は欠片《かけら》もない。灯里は目を閉じたまま首を左右に振った。

だが無意識のうちに、灯里自身が愛のない行為を否定している可能性はある。

(やっぱり、ここで諦めたほうがいいってこと？)

灯里の心が萎えかけたとき、ズルッとファルークの雄身が蜜窟に滑り込んだ。

「え……あっん、あ……あ……」

そのまま、ズリズリと膣壁をこすりながら彼の熱が奥へと進んでくる。

とうとうファルークとひとつになってしまった。

結ばれた喜びと不安が一気に押し寄せ、灯里の目に涙が浮かぶ。

「あっ……中、に……入って……やぁっ」

「クッ！　灯里、かなり狭いのだが……少し、力を抜いてはくれないか」

ファルークはつらそうに唇を嚙み締める。同時に、彼の首筋に汗が流れた。

「それって……どうすれば、いいの……」

どこをどうやれば力が抜けるのか、具体的に教えてくれなくてはわからない。そもそも、力を加えているつもりもなかった。

そのとき、ファルークの手が彼女の腰をガシッと摑む。

「許せ、灯里——優しくするつもりだったが、少し性急になるかもしれない」

絶対に逃がさないとでも言わんばかりだ。

彼の口からそんな言葉を聞くうちに、灯里の蜜道に収まった猛りはしだいに雄々しさを増していく。そしてそれは、力を込めたひと突きで狭隘《きょうあい》な処女窟を押し広げ、防御壁を突き崩した。

ズブリと欲棒の滾《たぎ》りを突き立てられた瞬間、無垢な躰に裂けるような痛みが走る。

とっさに、悲鳴が灯里の口をつく。

「痛……やっ！　あ……あぁ……くぅ……」

痛いと叫びそうになり、慌てて堪えた。

こんなところで面倒なことを言い出せば、ファルークは確実に灯里を抱いたことを後悔する。それだけはしてほしくなかった。

緩やかに、だが確実に、ファルークの雄は灯里の処女を踏み荒らす。

「灯里……痛むのか？　私はそんなに乱暴だろうか？」

必死で口を閉じ、ふるふると首を横に振った。

ファルークは乱暴なことはしていない。肉棒の根元まで押し込もうとするのは、普通のことなのだ……たぶん。

確証がないのは経験がないせいで、それと同じく、痛むのも彼ではなく灯里のほうに原因がある。

そう思った瞬間――。

「あぁっ！　や、やだ……ファル、ファルーク……あ、くっ……あぅ、やぁーっ！」

最奥を灼熱の杭で穿たれた。

誰も到達していない場所にファルークは熱い肉棒を捻じ込み、初雪を溶かしていく。

灯里は嬉しくてならない。愛する人の昂りを膣内《なか》に感じることは、どれほどの痛みも結ばれた喜びが打ち消してくれることを知った。

「ああ、灯里……君の躰を知ることは、私の夢だった。最高の気分だ」

ファルークの声も高揚していた。

それは同じ思いで結ばれているようで、灯里は薄く目を開くと手を伸ばし、彼に抱きついた。

すると、ファルークも同じ強さで抱き締め返してくれた。

直後、彼はゆっくりと引き抜いていく。

「あっ……やだ、抜かないで……」

それは甘く濡れた女の声。とても自分の口から出たとは思えない。だが、彼女に恥ずかしがる余裕はなかった。

「もちろん、このまま抜くつもりなどないよ」

答えたファルークの声も、蜂蜜を溶かしたような甘さで灯里を蕩けさせた。

彼は緩やかに動きを反転させ、ふたたび奥まで突き上げる。そのまま、緩々《ゆるゆる》と抽送を繰り返し、少しずつ激しく大きくなっていった。

最初は痛みを感じていた部分も、彼を受け入れるごとに慣らされていく。

「ファ……ル、ク……奥が、熱い……あっ、ああ、ん、ん……やだ、やぁ、そんな……動いちゃ……ダメで、す」

蜜窟の奥が痺れる。

ファルークの熱が灯里の蜜襞をこすり、今にも燃え上がってしまいそうだ。

「無理だ。堪えたくても、君の躰がそれを許してくれそうにない」

「それって、どういう……あ、あ、あっ……ファル……ファルーク、やぁ、ああーっ！」

抽送が激しくなり、同時に皮膚のこすれる痛みが戻ってきた。

その痛みに耐えるため、唇を噛み締める。だが、今度はそれくらいで治まる痛みではなかった。思わず、ファルークの肩に爪を立ててしまう。

「灯里……まさか、君は……クッ！」

我に返ったようなファルークの声が聞こえてきた。

灯里がビクッとしたそのとき、彼の抽送がピタリと止まった。蜜窟の奥でファルークの雄身が小刻みに痙攣している。彼の鼓動が激しいリズムを刻み、灯里まで息苦しく感じた。

痛みはあったが、ファルークに抱かれることで素晴らしい幸福感を味わった。

(経験を重ねたら、痛くなくなるって話……。ああ、ダメだってば！　妻じゃなくてもいいから、傍にいたいって言っちゃいそう)

明日には日本に帰らなくてはいけない。

だから、今夜だけ……。

灯里は少しでも長い時間、ファルークの腕に抱かれていたいと思った。だが、ファルークはすぐに身体を起こし、彼女から離れようとする。

「あ……待って。あの、もう少し、一緒に……」

慌てて引き止めようと、彼の腕に手を添える。

「灯里、ひとつ確認しておきたい」

いまだ甘やかさが抜けない灯里と違い、ファルークの声はやけに事務的だ。

「……なんでしょうか？」

「君は初めてだったのか？」

その口調は、まるで灯里を責めるかのようだった。

理不尽なものを覚えつつ、彼の期待に応えられなかったのかもしれない、と落ち込みそうになる。

「そんなこと、どっちでもいいじゃないですか。それとも……」

「いいわけがないだろう!?　なぜ、黙っていた？　なんと言うことだ……こんな形で君の純潔を奪ってしまうとは!!」

ファルークは唐突に怒声を上げ、灯里の手を振り払う。

そして寝台から下りるなり、ズボンを穿く。

「ど、どうしたって言うんですか？　そんな……どうして、わたしが怒られなきゃいけないの？」

手を振り払われたことがショックで、灯里の声は震えてしまう。

たしかに、痛みに堪えるだけで、男性に悦びを与えるような真似は何ひとつできなかった。ガッカリさせたのかもしれないが、だからと言って怒鳴られる覚えはない。

灯里も急いで身体を起こすと、絹の掛け布を手繰り寄せ、前を隠しながら強い口調で言い返した。

「殿下のご期待に添うことができませんで、申し訳ありませんでした！　どうせ、明日には日本に帰るんだから、あとは結婚を無効にするなり、離婚するなり、あなたの好きにして――きゃっ!!」

背中を向けていたファルークは振り向くなり寝台の上に膝をつく。そして、掛け布を押さえていた灯里の両手首を摑んだ。

絹の掛け布は素肌をスルスルと滑り落ち、情事の名残に火照った彼女の上半身を露わにした。

「イヤッ！　見ないでください。もう、放してっ!!」

灯里の身体に不満を唱えながら、こんな恥ずかしい仕打ちはごめんだった。

「君を日本に帰すことはできなくなった。妻の純潔を奪った以上、結婚を無効にはできないし、離婚はもっとできない。君は首長夫人として、この国に残ることになる。お父上との約束は破ることになるが、事情を話せば、きっとわかっていただけるだろう」

「な……なんですか、それ？　どうして、そんなことになるの？」

「遊び慣れたふりをして男の劣情を煽るから、こんな目に遭うんだ!!」

灯里はビクッとして息を呑んだ。

彼女の怯えた表情に気づいたのか、ファルークはすぐに手を放した。掛け布を摑み、灯里の身体を隠すなり、寝台から離れていく。

「怒鳴ってすまない。私も混乱している。君に……言うべきことがあるのはわかっているが、少し時間が欲しい」

両手を挙げ、降参するような仕草で後ずさる。

「テントの奥にもうひと部屋ある。私はそちらにいるから、落ちついたら声をかけてくれ。あとで話し合おう」

疲れた様子でそれだけを口にすると、ファルークはトーブを拾い上げ、テントの奥に消えていく。

灯里は冷たくなった身体と心を、温めるように自分の腕で抱き締めた。

幸福感に包まれた初体験だった。失恋の傷を癒やすまでには、時間がかかるかもしれない。けれど、一生の思い出に残るくらいの、素敵な経験になった。

いつか結婚して、子供が生まれて、年老いて、夫が先に逝ってしまったら……孫やひ孫たちに話してあげてもいい。おばあちゃんの幻の結婚と素敵な恋の話を。

そのころには何を言っても異論を唱える人間はいないだろうから、ちょっとくらいロマンティックに脚色しても許されるだろう。

だが、もうそんな未来はこないのだ。

ファルークが帰さないと言う限り、灯里がこの国を出ることはできない。

(妻じゃなくてもいいから、傍にいたいって思った。でも、わたしが処女だったから……そんな理由で、残ることになるなんて)

しかも、終わるなり冷たくされて、優しい言葉も甘いささやきもなかった。

(ああ、そうなんだ――遊び慣れたふりをして男の劣情を煽るから――だから、そんな扱いでいいって思われたんだ)

そんなつもりはなかった、と言ってももう遅い。

灯里は永遠に、ファルークからそんな扱いを受けることになる。

あとから、あとから溢れてくる涙は、彼女を包み込む掛け布の色を変えていった。

☆　☆　☆

灯里を抱いた瞬間、違和感に気づいた。

だが、肉体の欲求を抑えることができず、野生のオスさながら、夢中になって求めてしまった。

そんなファルークに理性が戻ってきたのは、いよいよ射精寸前のこと。男がそのタイミングで止められるはずもない。

日本人女性とトルワッドの女性が違うことは、充分に理解しているつもりだった。

灯里が気軽にファルークの誘いに応じるのは、宗教的制約がないのだから当然だ。日本社会において、婚前交渉は許される風潮にある。

だからこそ、灯里が愛情にこだわり、深い関係になることを拒絶したときは驚いた。

それもこれも、経験のなさが言わせた言葉なら納得できる。

二十三歳の日本人女性だから、様々な経験をしているはず――そんな先入観を捨てきれなかったせいで、とんでもないことをしてしまった。

ファルークは灯里が考えてもいないくらいに落ち込んでいた。

ちょっとやそっとでは浮上できないほど、底を突き破って、首まで砂の中に埋められてしまった気分だ。

(――私は男として最低の行為をしてしまった)

これまでの人生で、ただの一度もあやまちを犯したことはない、と言えば嘘になる。だが、妻に対してここまで愚かなあやまちを犯すとは、自分で自分が許せない。

苛立ちを露わにして怒鳴ってしまったことも、愚行の極みだろう。

灯里は泣きそうな顔をしていた。いや、おそらくはファルークの姿が見えなくなるなり、泣いたはずだ。せめて傍にいて、肩を抱いて寄り添ってやりたかった。

だが……。

(涙の原因に寄り添われては、いい迷惑だろう……ああ、私はこれからどうすればいいのだ)

灯里が自分だけのものだとわかった瞬間、ファルークは神に感謝した。

実にあっけなく、彼女の周りにいる男たちへの嫉妬と羨望は消え失せた。灯里を妻として、ずっと傍に置いておきたい。彼女は残ってもいいと言ってくれたのだから、今度はファルークから頼めば、必ず聞いてくれるだろう。

そう思う反面、灯里の善意を断ったくせに、と怒るかもしれない。

あるいは、一度抱いたことで、身体の欲望に従っているだけ、と思われる可能性もある。

(そうではない。愛するあまり、妻にできなかっただけだ、と伝えておいたほうがいいのではないか?)

テントの奥には、寝台の置かれた部屋と同じ広さの部屋があった。正しく言えば、ここにはふたつのテントが並べて建てられている。ふたつのテントの間にはトイレとシャワーが設置されていた。

このテント自体が簡易的なものではない。常設テントなので、かなり丈夫で便利な造りをしている。

寝台のあるほうが寝室なら、ファルークがいるほうは居間と書斎を兼ねたようなスペースだった。絨毯が敷き詰められ、アラベスク柄のソファセットが置かれている。隅にはデスクがあり、仕事ができるようにパソコン設備も整えられていた。さらには、奥の一角に小さめのキッチンまで付いている。

なんと言っても、携帯電話を繋がりやすくするため、このオアシスにはアンテナまで立ててあるのだ。

テントなので窓はなく、天井も低い。密閉された空間には違いないが、その分、外に出ると見渡す限り砂漠が続くので、開放感は抜群だろう。

ファルークはそのテントの中を右往左往していた。

灯里の帰国がなくなったことを連絡しなくてはならない。サアダーンに伝えれば、イシュクに連絡を取って上手くやってくれるだろう。

そう思って携帯電話に手を伸ばすが……。

(灯里がどうしても嫌だと言えば？　毎日、泣き暮らす彼女を、私は宮殿に閉じ込めておけるのか？)

トルワッドもかつては女性に権利を与えない国だった。結婚するときは父親が決め、離婚するときは夫が決める。女に逆らうことは許されていなかった。

それを変えようとしているファルークが、灯里に結婚を強制して許されるものだろうか？

(だが……妻の純潔を奪ったことは事実。それで結婚の無効を認めることは、神に嘘をつくことになる。名誉に懸けてできない)

携帯電話を下ろすと、ファルークは喉の渇きを覚え、冷蔵庫から冷たいジュースを取り出した。

だが、ファルーク以上に灯里も喉が渇いていることだろう。持って行ってやろうと思うが、寝室のほうに戻る勇気が出てこない。

灯里に飲ませてやれない以上、自分だけが喉を潤すわけにはいかない。

ファルークはジュースを冷蔵庫に戻した。

ソファに腰かけても、三分とジッとしていられない。いても立ってもいられず、寝室のほうに足を向けては引き返す、という動作の繰り返しだ。

(まず、灯里を説得するべきだ。ひとまず承諾さえ得られたら、あとはゆっくりと私のことを愛してもらえばよい。そうだ、思い出せ。灯里は私のことを〝憧れの王子様〟と言った。私が彼女の憧れに戻れば、きっと……)

そのまま勢いをつけて寝室に戻ろうとするが、ピタッと足を止めた。

なんの理由もなく戻るのは苦しい。「喉が渇いたのではないか?」とジュースを差し出せば、とりあえず理由にはなる。

ファルークがキッチンスペースの近くにある冷蔵庫まで引き返したとき、今度はデスクの奥に設置された無線機が鳴り始めた。

『首長公邸より緊急連絡です』

無線を通信状態にすると、思ったとおりイシュクだった。

　ファルークは気持ちを切り替え、できる限り冷静さを装った。

『有事か？　軍を動かすならすぐに戻る。ヘリを回せ』

　参謀長から緊急連絡が入ったのだ。テロか戦争、よくて小規模の武力衝突が頭に浮かぶ。もし自然災害であったなら、神の御加護と言うべきだろう。

『軍は動かしません。砂嵐です』

　ファルークはホッと息を吐く。

『発生場所と被害の規模は？』

『先ほど発生が確認されました。今のところ被害の報告はありません』

　一瞬、返答に困るが……。

『ただ、十分以内にそちらのオアシスを直撃します。大きなものではありませんので、テントの中は安全です。しかし夜間ですので、視認が難しいかと。外には出られませんよう、充分にご注意ください』

　軍の無線はよほどのことがない限り、通信が途絶えることはない。だが、携帯電話は砂嵐だと使えなくなる。

『わかった。注意しよう』

　ファルークは短く返事をして通信を切った。

　その足で寝室のテントに飛び込む。

　今から砂嵐がくる。万一のときのために寄り添っていよう。何があっても、灯里のことは必ず守る。――そんな台詞が次々と浮かんでくる。

（いい理由ができた、と思うのは……不謹慎だな）

「緊急事態だ、灯里！　砂嵐がくる。万一のときのために……」

そこまで言って、ファルークは声を失った。

寝台の上に灯里がいない。グルッと見回すが、灯里の姿がどこにもない。このテントには寝台以外の家具はないのだ。隠れられる場所などなかった。

奥のテントに進む入り口はひとつ。トイレとシャワーのブースにもいなければ、あとは外に出たとしか考えられない。

「灯里……灯里……灯里ーっ！」

うわ言のように彼女の名前を呼んだ。そしてテントの外に出たとたん、声を限りに叫ぶ。

ここに着いたときとは、空気の匂いがまったく違う。細かな砂粒を含んだ風が、瞬く間にファルークの全身を覆い尽くす。

昼間であれば、迫ってくる砂嵐を目で確認できる。だが、夜となるとそうはいかない。

灯里が向かうとすれば、可能性はふたつ。いや、現実的に考えればひとつだけだ。ファルークは急いで馬を確認した。

（不謹慎なことを考えた罰なのか。それとも、日本に帰さないと言ったことを怒っているのか）

ファルークはトーブの上から外套を羽織り、馬に飛び乗った。

第七章　ただひとりの妻

星の明かりで見えていた宮殿跡の黒い影が、ほんの数分で見えなくなった。

ふいの停電に遭遇したように、星の瞬きが消えたのだ。

これは自然界では当たり前のことなのだろうか？

首を傾げていた灯里だったが、突風にアバヤの裾が捲れ上がったとき、初めて危険を意識した。

わずかな時間で、辺りは真の闇に包まれる。

風はしだいに強くなり、舞い上がる砂が目に入りそうになった。灯里は慌てて顔を隠すようにしゃがんだが――直後、自分の向いている方角がわからなくなった。

テントのあるオアシスも、自分が向かっているはずの宮殿跡も、どれほど目を凝らしてもまったく見えない。

今から三十分、いや、一時間も前になるだろうか。ファルークが奥に消えてすぐ、灯里は服を着た。

オアシスにやって来たとき、砂漠近くの町から馬に乗って何時間も走った。道中、目立つ建物はなかった気がする。馬に乗れない灯里が徒歩であの町まで戻ろうなんて、自殺行為も甚だしい。

だが、彼はこの近くには水場が多いと言っていた。

そして、灯里が何より疑問に思ったのが、テントの中の状態。ファルークに新しいシーツを整え、蠟燭に火を点す時間があっただろうか、と。

ふたりがここに着く直前、誰かが準備をしてくれたのだ。

その誰かは、この近くで野営をしているに違いない。宮殿跡までたどり着き、夜が明けたら、その誰かを捜せばいい。

あるいは、ファルークのほうから灯里を捜しにきてくれるかもしれない。

(わたしが必要だから、力を貸してほしいって言ってくれたら……わたしは残ってもいいって言ったのに。それなのに……ファルークの馬鹿！)

最初はショックで何も考えられなかった。

灯里にとって素晴らしい経験が、ファルークにとっては最悪のセックスになったなど信じたくない。そう思ったとき、申し訳なさと悲しさに涙した。

だが、いろいろ考えるうちに、灯里の中に別の感情が生まれてくる。

いろいろ言っていたが、本心は違うのかもしれない。――興味を持って口説き落としたものの、楽しめずにガッカリした。挙げ句に、初めてだということがわかって、結婚を無効にできなくなり頭にきたのではないか、と。

それがファルークの真実に思えてきて、灯里の中の悲しみは怒りに変わっていく。

(勝手に怒って、勝手に騒いでたらいいのよ。わたしは日本に帰るから……帰るったら帰る！　絶対に帰るんだからね！)

とはいえ、相手はこの国の元首、ファルーク首長殿下だ。

彼の許可なしに、出国できるはずがない。そもそも首長夫人の地位がなくなれば、灯里はパスポートもなく無一文で外国をうろついていることになる。

灯里の本気を示し、彼女を日本に帰してくれる、という約束に賭けるしかない。

そう思って即刻行動に移したのだが……。

この状況はいったい何が起こっているのだろう？

(普通……じゃない、よね？　ひょっとして、かなりヤバイ状況だったりして)

こうなったら〝日本に帰る〟という決意はひとまず横におき、テントに帰るほうを優先したほうがいいかもしれない。

だが、すでにきちんと目を開けることもできず、立ち上がることもできない状態だ。

彼女は砂の上に膝だけでなく、お尻までついてしまう。ペタンと座り込み、何をどうしたらいいのかもわからず、呆然としていた。

ついさっきまで、見上げる必要もないほど、極上の星空が広がっていたのに。あの星々はどこに行ってしまったのだろう？

星を目印に進む術など知らない。だが、星明かりだけで歩き続けることくらい、たいしたことではないと思っていた。

砂漠を甘く見ていた灯里自身の責任だ。

（わたしが死んだら、ファルークは泣いてくれるかな？　それとも、罪悪感なしで再婚できるから、ホッとするかもしれない）

吹き荒れる風は強くなる一方だ。しだいに、身体を起こしているのもつらく感じ始めた。

灯里は薙ぎ倒される木のように、砂上に倒れそうになり……。

そのとき、何かが聞こえた。

「――灯里ーっ！　灯里――っ‼」

風を切り裂く声と、砂上を疾走する馬の足音。

灯里は力を振り絞るようにして立ち上がる。

「ファルーク……ファルーク、助けて……ファルーク！」

彼の名前を叫んだ瞬間、闇の中から馬に乗ったファルークが現れ、そのまま、すくうように灯里の身体を馬上に引っ張り上げた。

「きゃあっ！」

身体がふわりと浮き、まるで荷物のように馬の背中に載せられる。しかも、彼女の上に大きな黒い外套が被せられ、何も見えなくなった。

驚いて灯里が手足をバタバタさせていると、ファルークの怒声が飛んできた。

「動くな!! このまま宮殿跡まで駆け込む。死にたくなれば、ジッとしていろ!」

恐ろしく切羽詰まった声だ。

ここはファルークの邪魔をすべきではない。

灯里は息を潜めて、荷物のようにジッとしたのだった。


一分足らずで馬は宮殿跡に駆け込んだ。

オアシスから見えた黒い影——ボンヤリとだが、かなり大きなものを想像していた。それこそ、ジナーフ宮殿並みの建物を思い浮かべていた。

ところが、馬から下ろされたとき、彼女の目に映ったのはそびえ立つ石積みの壁。

しかも、所々崩れ落ちて見える。壁の横にある門らしき残骸をくぐり抜けて入ってきたみたいだが、肝心の宮殿は……ほとんど何もない。

そこは日本国内で見られる、土台や石垣だけ残った城跡に似ていた。宮殿部分の土台や柱らしきものが見えるが、屋根や壁は見当たらない。

「ファ……ルーク、あの壁……風で、倒れたり……しません、か?」

強風の中、灯里は必死で叫ぶが、ささやいているくらいにしか聞こえない。

するとファルークは灯里の耳元に唇を当てて話した。

「ただの風ではない、砂嵐だ。あの壁は三百年ほど砂嵐と戦って勝利している。あと三百年は勝ち続けるだろう。壁の心配より……私たちはこっちだ」

彼の声が鼓膜を震わせ、灯里は背筋がゾクッとした。

もっと聞いていたい。こんな状況なのに、ファルークがきてくれたことに喜びを感じている自分がいて……自分で自分がわからなくなってしまう。

そして、ファルークに腕を引かれ連れ込まれた場所は、宮殿の土台の隙間だった。

彼が立ったまま歩けて、馬も入れるので隙間とはいえ結構な広さがある。暗闇に目が慣れたころ、足下はなだらかな下り坂になり、ふいに目の前が開けた。

そこには宮殿の地下とは思えないほど、大きな空間が広がっていた。

ざっと見て三十畳はありそうだ。都心の分譲マンションなら、リビングダイニングくらいの広さに感じる。床や天井には加工された石が使われているので、意図的に作られた地下室に思えた。

「……ここは？」

「かつては貯蔵庫として、または砂嵐の避難用に使われていたらしい。宮殿内に繋がる階段もある。ずっと砂に埋もれていたのを、ふたたび避難用に使えたらと思い、数年前に壁と天井を補強させたのだ。まさか、自分で使うことになるとは思わなかったが……」

ファルークはそこで言葉を止めると、地下室の隅に馬を連れて行く。

こんな暗い場所で彼と離れるのは怖い。目が慣れてきたとはいえ、一度離れたら彼の居場所はわからなくなるだろう。

灯里はトーブの袖を摑んだまま、あとをついて行った。

「砂嵐の中心が目前に迫っていたため、かなり乱暴に扱ってしまったが、怪我はないか？」

まず叱られると思い、身構えていた。

それが、逆に優しい声で怪我の心配をされ、灯里のほうが狼狽えてしまう。

「ない……です。あの、勝手にテントを出て、すみませんでした。でも、ここまで来たら、何か建物があるだろうから、朝まで休んでいようと思って……あの、でも、どうしてわたしの場所が？」

灯里自身ですら、自分の居場所がわからなくなっていたのに、ファルークが駆けつけてくれたことが不思議でならない。

「私から逃れようとしたとき、君が馬に乗れるなら町まで引き返そうとしただろう。だが、砂漠で方向がわからず、馬にも乗れない君が逃げる先は、目的地が見える宮殿跡しかない」

ファルークは大きく息を吐く。

「君は、私の妻としてこの国に残ってもいいと言ったのではなかったか？　私がそれを承諾したと思ってくれたらいい。結果は同じことだ」

「違います!!　わたしは、自分の意思であなたに抱かれたいって思ったんです。わざと黙っていたわけでも、慣れたふりをしたわけでもありません」

「わかった。君の言うとおりだ。私が寝台の上で言ったことは訂正して謝罪する。それなら問題はないだろう？」

厄介事を早く処理しようとしている。ファルークの声音から、そんな気持ちが伝わってくる。

彼は灯里の言葉が正しいとは思っていないのだ。

口先だけの心の籠もっていない謝罪など、聞きたくもない。

「とにかく、話を戻さないでくれ。先に進めたい。私の話を聞いて欲しいのだ……灯里？」

灯里はファルークから離れ、外の気配が感じ取れる場所を探した。

「灯里、愚かなことを考えるのはやめなさい。まだしばらく、外には出られない」

「あとどれくらいで出られますか？」

「三十分、いや、一時間はかかるかもしれない。念のため、夜明けを待ってテントに戻ろう。心配はいらない。君のことは何があっても私が守るよ」

背後にファルークを感じた。

彼の腕が灯里の身体を包み込むように回されたとき――。

「もう、やめて！」

灯里はファルークの腕を振り払い、彼と距離を取った。そして、真正面からはしばみ色の瞳を睨み返す。

信じられないといった目をして、彼はこちらを見ている。

「助けにきていただいて……感謝してます。でも……ファルークはもう、わたしの王子様じゃないから。日本に……帰してくれるって言ったでしょう？　約束は守るんでしょう？　これ以上、ファルークの話は……聞きたく……ありません」

言葉にするごとに、心を支えていた柱が折れていく。

最後の辺りは何を言っているのかわからないくらい、嗚咽に乱れていた。

やがて石畳の上に座り込み、ただただ、泣きじゃくるだけになる。そんな彼女の前にファルークは膝を折り、グトラを外して涙を拭ってくれた。

「約束は、守れない。君がどれだけ泣いても、帰すつもりはない」

「……ファ……ルク」

今度こそ本気で、わかった、と言ってくれると思っていた。これ以上、灯里を悲しませたりしないと信じていたのに……。

「お願いだ、灯里。どうか私の妻でいてくれ。日本に帰りたい、という願い以外はすべて叶える。君が働きたいなら、スケートリンクの設営から管理まで、後進の指導も全部任せる。宮殿では日本料理も作らせよう。畳の部屋を造ってもいい。日本語の話せる女官を雇い入れようか？　もっと過ごしやすくなるのではないかな」

ファルークは彼女の二の腕を摑み、まるで九歳の少女をあやすように話しかけてくる。

だが、灯里が心から望んでいるものは、彼が口にする中にはない。

本当は好きになって欲しかった。

釣り合わない、諦めている、憧れだけ……そんなものは言い訳にすぎない。心の底では灯里のことを愛して欲しかったのだ。

妻としてこの国に残ってもいいと言った本心も、そこまで尽くせばファルークも愛してくれるのではないか、と思ったからだ。

最後の最後でベッドへの誘いに応じたことも、この身体だけが彼に捧げられる唯一ののだったから……。

ファルークに愛されたくて、砂漠までついてきた灯里が愚かだったのだろうか？

純潔を捧げることにどんな意味があるのかも知らず、それをファルークが〝望んでいない〟なんて、思いもしなかった。

「ちゃんとした……恋愛も、してないのに。スケートリンクでデートしたり……観覧車に乗ったり、したかった。そして、好きになった人に……あ、愛されて……それで、結婚するんだって、そう思ってたのに……」

灯里の泣きながらの訴えに、ファルークは震えるように大きく深呼吸して答えた。

「たしかに愛し合っているわけではない。だが……君の分も、私が君を愛する。もう〝憧れの王子様〟ではなくなっただろうが、いつか君に愛してもらえるよう、努力――いや、神に誓ってもいい」

「……」

彼の言葉は日本語なのに、意味がよくわからない。

灯里の頭の中にはクエスチョンマークが飛び交い始める。考えれば考えるほどわからず、いつの間にか、涙もピタリと止まっていた。

「私の存在が君の負担にならないよう、それだけを考えて長い間見守ってきた。だが、トルワッド国籍とシークの地位を取り戻したころから、少しずつ君を妻として見るようになってしまった。そして、三年前――」

初めて佐伯家を訪れず、灯里を食事に連れ出した。

灯里はあのとき、口数と笑顔の少ない彼に違和感を覚えた。それは、夫の立場を主張して、すぐにもベッドに連れ込みそうな自分自身を抑えていたせいだと言う。

「もう、無理だ。私は佐伯教授との約束を反故にしても、君をこの国に閉じ込める。君を手放すことなど考えられない！」

ファルークは縋りついてくる。

「で、でも……楽しもう、とか言ってたし……抱いたあと、日本に送り返すつもりだったんでしょう？」

どうにか尋ねると、ファルークはとたんに拗ねた少年のような顔をした。

「君は私のことを、夫だと知らなかったのだろう？　にもかかわらず、部屋でふたりきりになり、風呂にも入った」

「そっ……それは！」

あのとき、ファルークの行動に驚いたのは灯里のほうだ。

だが、ファルークは灯里を傷つける人間ではない。そう信じていたから、家族同然の対応をした。

「君は自由恋愛を楽しんでいるのだ、と思った。せめて、そのひとりとして扱われようとした。だから、トルワッドに滞在する間は私と楽しもう、と」

信じられない告白に、灯里は眩暈すら覚える。

「すぐに後悔した。そして思い知ったのだ。私は愛する女性を他の誰かと共有できる人間ではない、と。君を抱きたい。だがそのたびに、君が愛した男の存在を思い知らされるなど、私には耐えられない。相手の男を……密かに暗殺しようかと思ったくらいだ」

言うなりファルークの頬が歪み、ギリギリッと奥歯を噛み締める音が聞こえてきた。

（あ、暗殺って……冗談に聞こえないんですが……）

自分は今、砂嵐に巻き込まれ、死にかけているのかもしれない。そうでなければファルークの口から、灯里への愛を聞かされるなど、あり得ないことだ。

そっと太ももを抓ってみるが……。

痛みを感じた直後、じわじわと喜びが込み上げてくる。

（これって、現実なんだ。と言うことは、ファルークはわたしのこと……。ああ、こういうときって、なんて答えればいいの？）

乏しい経験と頼りない知識を総動員した結果、やはり誤解を生まないよう、「わたしもあなたを愛しています」と答えておいたほうがよいのではないだろうか。

そう結論づけて灯里が口を開こうとしたとき、

「ところが君は、かけがえのない純潔を私に捧げてくれた。それなのに……私はとんでもない失態を犯したのだ。もう、取り返しがつかない」

ファルークはいきなり彼女から離れ、両手で顔を覆った。

その絶望的な言い方に、灯里のほうがびっくりする。細かい部分まで思い出してみても、それなりの痛みは伴ったが灯里にとっては最高の初体験だった。

「わたし……何かしましたか？」

恐る恐る尋ねる灯里に、ファルークは首を左右に振る。

そして、彼が口にした言葉とは――。

「あやまちを犯したのは私だ。避妊具をつけて、君を破瓜《はか》してしまった」

「……は？」

「初めて夫婦となった記念すべき行為なのに、私はとんでもない誤解で君を侮辱したのだ。許されざる行為だ」

なんでそんなことが、と思ったが、ファルークの説明を聞いてわかった。

以前「快楽のために、避妊具を用いるセックスは禁止された行為」と言っていた。子供を授かっても問題のない状況で、それでも避妊するのは〝君との間に子供は作りたくない〟あるいは〝君とは結婚しない〟という意思表示になると言う。

日本でなら〝誠意〟と取れる行動が、トルワッドでは〝侮辱〟となる。婚前交渉が禁止されているムスリムならではだろう。

しかし、灯里にすればどうも釈然としない。

「でも、避妊って百パーセントじゃないんですよ。もしそうなって、妊娠しちゃったときは……相手の女性や子供はどうなるんですか？」

「独身の場合は結婚する。すでに妻がいる場合は、生まれた子供は男が引き取って、妻が実子同様に育てる。どちらもせずに逃げたときは、逮捕され服役しなくてはならない」

冗談かと思ったが、ファルークは真顔なので、結婚はほぼ強制みたいだ。

だがムスリム全体が、というわけでもない。有名無実と成り果て——男性が認めた場合のみ有効、といった男性有利の適用しかされない国もあるらしい。

しかしトルワッドでは、外国人相手でも厳しく適用するという。

「ということは……ファルークに隠し子がいたら、わたしが育てることになる、と」

深く考えずに呟いた言葉だった。

だが、打てば響くような速さで、ファルークの返事が聞こえた。

「そんな可能性はない」

「でも、万が一ってことも」

「万にひとつもそんな事態にはならない」

あまりにキッパリと否定され、灯里はさらに突き詰めてしまいそうになる。

「灯里、そのことは男にとって答えづらい質問だ。この辺で許してくれないか」

ファルークは少し困った顔で微笑んだあと、照れたように言う。

「わかりました。もう、言いません。でも、それじゃ、なんでわたしに怒ったんですか？　初めてで、思ったように楽しめなかったから、でしょう？」

「何を馬鹿なことを！」

灯里が口を尖らせて横を向くと、ファルークは慌てたように付け足した。

「あ、いや、そうではない。馬鹿は私のほうだ。君が素晴らし過ぎて、夢中になった。初めてかもしれない、と気づいたときには――。それが恥ずかしくて、声を荒らげてしまったのだ……面目ない」

ファルークはしゅんとしている。

こんな彼を見るのは初めてのことだ。灯里は冷たくされて怒っていたはずなのに、そんな気持ちも消えてしまう。気がつけば、手を伸ばして彼の首に抱きついていた。

「あか……り？」

「好き。ファルークのことが好きです。愛してるの……だから」

愛の言葉とともに抱いてほしい。愛し合ったあとも、ずっと抱き締めていてほしい。

そんな言葉を続けようとしたのに、ファルークは唇で遮った。

「私も愛している。愛しているよ、灯里。ああ、奇跡のようだ。誰よりも愛している」

キスの合間に喘ぐようにファルークは愛の言葉を口にする。

この場に押し倒されそうな勢いでキスされ、灯里はほんの少しファルークから逃げるような仕草をした。彼もそのことにすぐに気づく。

「ああ、すまない。また夢中になって暴走するところだった」

ファルークは灯里の頬を押さえ、互いの額をくっつけて、屈託のない笑顔で呟いた。

彼は十代のころから大人びていて、それは年を重ねるごとに、まさに老成というイメージを灯里に与えた。

だが今の彼は、灯里とそう変わらない年齢のごく普通の青年に見える。

そのとき、ファルークの馬が嘶いた。地下室の中にやけに大きく響き、灯里はビクッと身を竦める。

「——砂嵐が去ったようだ。表が静まったので、早く外に出せと言っている。さあ、私たちも出るとしよう。時間もちょうどいい」

そう言うと、ファルークは灯里を抱き上げるように立たせたあと、入ってきた方向に歩き始めた。

☆　☆　☆

砂嵐は幻だったのではないだろうか？

そんなふうに思えるほど、砂漠はしんと静まり返っていた。灯里が心配していた石積みの壁も、何ごともなかったように同じ位置にそびえ立っている。

ファルークが言うには、砂丘の形が変わってしまったらしい。

だが、灯里にはどこがどう変化したのか、さっぱりわからない。

空はうっすらと青く染まっている。夜明けが近いのだろう。星の光は弱まり、砂丘が黒く見えるのが驚きだった。

「ねえ、ファルーク、ちょうどいいって言ってましたよね？　何かあるんですか？」

灯里が尋ねると、彼はひとつの方向を指さした。

「間もなくだ。向こうをジッとみつめていてくれ」

言われた方向に灯里は視線を向ける。じっとみつめ続けて一分が過ぎたころ――砂漠の光景に変化が現れた。

それは突然だった。

砂嵐が去ったあとの夜空は、濃い藍色に水を混ぜ、薄めたような色をしていた。

その空と、黒く見える砂丘との境――ギリギリのライン上に、突如、淡い金色の光が広がった。

一瞬のうちに光が闇を駆逐《くちく》する世界。

昼と夜には中間がないのだと、灯里はあらためて教えられる。

強い光は水に溶け込むように、薄暗い空に広がりながら、全体を明るく染め上げていく。

遠い昔に見た砂漠の朝日に似ているようで――どこかが違った。

「綺麗……砂が光ってるみたい」

灯里がそう言った瞬間、ファルークの口から小さな笑い声が零れた。

「十四年前、君は朝日を見ながら同じことを口にした。そんな君に、私はこう言ったのだ
――もっと美しい砂漠を知ってるよ、と」

そして、十六歳のファルークは「いつか、僕の国の美しい砂漠を君に見せてあげよう」

と続けたはずだ。


「絶対、絶対、約束よ。灯里、待ってるから。ぜーったい、迎えに来てね！」

灯里の脳裏に、九歳の自分の声が響き渡る。

毒ヘビ話で脅かされたことも忘れ、灯里は無邪気に「絶対」を連呼していた。

もちろんファルークは彼女を邪険に扱ったりしない。ちゃんと返事をしてくれた。

「約束する。君にあの美しい砂漠の朝日を見せる日まで、僕は絶対に負けない。何年かかっても、国を取り戻してみせる！　神と僕の妻になってくれた君に誓って」

あのとき見た砂漠の朝日も、とても綺麗だった。

だが、砂上に立つファルークの髪は本当にキラキラしていて、朝日より彼のほうが綺麗だと思ったことを、灯里は思い出していた。

「あのときファルークの亜麻色の髪が、朝日を受けて輝く砂の色に見えて……。ファルークは砂漠の神様の使いだって思ってた時期もあったんですよ」

ファルークは灯里を背後から抱き締め、彼女の黒髪に頬ずりをしながら返事をする。

「日本で再会したとき――まだ、綺麗な砂漠を見せてくれないの、と言われた。純粋な君に、自分の無能さを言い当てられた気がして、身の置き場に困ったこともあったな。今となっては、いい思い出だ」

彼は笑いながら言うが、灯里のほうが身の置き場に困ってしまう。

小学校の低学年から中学年くらいまでの子供は怖い。遠慮なしに核心をついたり、大人の神経を逆撫でしたりする。

「なんと言いますか……本当にすみません」

灯里だったら「このクソガキ」とか思ったことだろう。しかも言った当人はころっと忘れているのだから、始末に負えない。

「謝らなくていい、本当に感謝している。十代後半は扱いづらい年齢だ。そのせいか、周囲の大人たちは当たり障りのない言葉しかかけてくれなかった」

とくに日本では十八歳未満は子供の扱いだ。

だがトルワッドでは――それもクーデターが起こるような事態であれば、十代後半は立派な戦力となる。ファルークはひょっとしたら、もっと大人の扱いをされたかったのかもしれない。

　そして、彼を最も大人として捉え、多大な期待を寄せたのが灯里だった。

「君だけだ。私を厄介者扱いせず、信頼と尊敬のまなざしを向けてくれたのは」

「それは……だって〝憧れの王子様〟だったから」

　灯里が高校生のころ、妹の陽香に向かって真剣に言ったことがある。陽香からは「ラクダに乗った王子様なんてヤダ」と言い返された。

　だが灯里にとってファルークは、十四年前に砂漠で出会ったときから、たったひとりだけの王子様だ。

　彼の腕にそっと手を当て、ほんの少しだけもたれかかる。背中に彼の体温を感じ、ただそれだけなのに、灯里は幸せを感じていた。

　だがそのとき、なぜか大きなため息が聞こえてきた。

「ファルーク?」

　まさか今になって、灯里の思いを迷惑だなんて言い出したりはしないだろう。

　となると、彼の後悔はひとつしか考えられない。

「そんな君を、あんな形で辱めてしまうとは。どうやって償えばいいのか。どうすれば君の名誉を取り戻せるのだろう」

　ファルークは本気で落ち込んでいるようだ。

「べ、別に、辱められたとか思ってませんから。それに、名誉なんて……最初のときに、ああいうことをしたって、他の誰かが知ってるわけじゃないし……」

彼を励まそうと、灯里はなるべく明るい声を出した。

だが、避妊具と口にするのは恥ずかしい。つい言葉を濁らせてしまった灯里のことを、ファルークに対する思いやり、と誤解したようだ。

「君は優しい。だが誰も知らなくとも、私自身が知っている。私の失態は神もご存じだ」

「だったら、今度は……そ、そのままで、して……ください。それで、ファルークの失敗はわたしが許してあげます。ダメ……ですか？」

ちょっとだけ振り返り、肩越しにファルークの顔を見上げた。

口にした内容が内容なので、目を見るのは恥ずかしい。手を伸ばして頬に触れ、ほんの少し背伸びして彼の顎にキスをする。

次の瞬間、灯里は砂の上に押し倒されていた。

正確に言うなら、灯里の身体の下には黒い外套があり、直接砂に寝転がっているわけではない。

「ファ、ファルーク？」

「わかった。あやまちを正すのは早いほうがいい。日本の言葉で〝善は急げ〟と言うだろう？」

「え？　は、早いって……ええっ⁉」

灯里のアバヤをたくし上げ、巻きスカートの裾を割りながら手を差し入れてくる。

（こ、これって〝善〟なのっ⁉）

そんな疑問が頭の中をグルグル回っている。しかしここで拒絶すれば、彼がさらに落ち込むのではないか、といろいろ考えてしまう。

アレコレ悩んでいる間にも、ファルークは太ももに掌を這わせてくる。少しずつ女の中心に近づき……。

その思わせぶりな愛撫に、灯里の中に芽生えた期待が確実に膨らんでいく。

自分のことを愛するがゆえに、夢中になって求めてくれる。好きな人のそんな思いを知って、平常心でいられるわけがない。

朝日を浴びた砂上の空気は澄み渡り、今のところ陽射しの強さは感じない。

そして、砂の上は意外と寝心地がよかった。硬い地面に寝転がるような感触はなく、むしろ低反発のマットレスに転がっている気分だ。

灯里は彼の腕に摑まり、身じろぎする。

そんな彼女に覆いかぶさるようにして、ファルークは口づけてきた。

「んん……ぁ、ん……あ、ファル……あっん……やぁんっ」

指の動きに合わせて、チュッチュッとリップ音をつけた軽いキスを繰り返す。

やがて指先は、巻きスカートの奥までたどり着いた。

「ん？　君は、ひょっとして……」

驚きを顔に浮かべて、ファルークはこちらを見下ろしている。

「だって、下は……濡れてて、穿けなくて……」

ブラジャーはつけてきたが、濡れたショーツをもう一度穿く気にはなれなかった。

町で着替えたとき、テントにも予備の着替えが用意してあると言われた気がする。だが、あのときの灯里に、下着を探す気力などあるはずがない。

「こういうことを、想像してたわけじゃないんです！　本当に、違いますか……ら、ぁ……やぁんっ」

「もちろん、わかっている。君がどれほど無垢な女性か、私はよく知っている」

ファルークは嬉しそうに笑いながら、無防備な花びらを指で弄んだ。

すぐさま灯里の息は上がり始める。

「そんな君に求められるのは、この上ない幸せだ」

唇で彼女の頬をなぞりつつ、酔ったような声でささやいた。

「やぁ……ん、でも、でも……淫ら、な……女って……言わない、で」

「私以外の男が、君を淫らにしたのだと思っていた。だが私を思ってのことなら、どれほど淫らに振る舞ってもかまわない。存分に乱れて――ここを溢れさせてくれ」

花びらをまさぐっていた指が、割れ目を滑るように、ひと息に蜜窟の入り口に達した。

ファルークは灯里を焦らしながら、そろりと蜜のとば口をなぞる。触れられた瞬間、クチュッと小さな音が聞こえた。

「あ……やん。そこ、は……ダメ、ダメなの、あ……あん、やぁん、ま、待って……ちょっと、待っ……あ、あ、やーっ」

しだいに蜜音は激しくなり、グチュグチュと灯里の耳にも聞こえてくる。

灯里は彼の胸に顔を埋め、トーブを握り締めて声を殺した。ファルークの指が触れる場所から、甘い熱が広がっていく。覚えたての快楽が、蜜襞の奥までじわじわと溶け込んでくる。

ファルークの指はなんて優しいのだろう。

灯里は徐々に高められ、溢れ出る蜜を止めることができない。下肢を戦慄かせて、きつく唇を噛み締めた。

「とても気持ちよさそうでよかった。灯里、どこか痛いところはあるかな？」

快楽の余韻に身体が震え、上手く声が出せずにいた。

彼の質問に、痛むところはないと伝えたくて、灯里は必死で首を横に振る。

「では、続けよう。正直に言えば、私のほうも我慢の限界だ。早く君の膣内《なか》に入りたい」

ファルークはトーブを捲り上げ、ズボンの前を下げた。男の猛りはすでに真上を向き、雄々しい姿を誇示していた。

それは灯里にとって、初めて目にするもの。荒々しくて、逞しい、武器のような雄身に彼女の目は釘づけとなる。

（朝日の中で……こういうものを見ることになるなんて、思わなかった）

開いた脚の間に、ファルークがゆっくりと近づいてきた。

「灯里……そんな、熱いまなざしを向けないでほしい」

「ご、ごめんなさい！　でも、あまりに大きくて……でも、さっきはそれが、本当に……わたしの中に？」

秘所にピタリと触れた感じが、テントの中と同じだった。

「そうだ。心配はいらない、無理に押し込むような真似はしない。先ほどは、そんなに痛かったか？」

灯里の怯えた様子が伝わったのか、ファルークは本当にゆっくり、ゆっくりと押し進めてくる。

そのとき、彼は思い立ったように指を伸ばし、花びらを捲り始めた。

「やんっ！　ファ、ファルーク、そこは……あ、ぁん」

花びらの奥に潜んだ淫芽を探し当て、指先で挟んでこすり続ける。

灯里がそちらに気を取られていたとき、ファルークの昂りは蜜壁を押し広げ、ググッと真ん中辺りまで挿入されていた。

彼のサイズに合わせるかのように、灯里の中でファルークの領域が広がっていく。

初めてのときより、大きく感じるのは気のせいだろうか。充分に広げられたと思った灯里の蜜襞が、二度目の挿入を受けて悲鳴を上げている。

「あっ……くっ、うっ」

声が漏れた瞬間、ファルークの動きが止まった。

「どうした、灯里？　苦しいのか？」

てきめんにファルークの表情が曇り、灯里の中から抜こうとした。

「だ、大丈夫です。大丈夫、だから……抜かないで、くださ……い」

彼はそのままの位置でピタリと止める。

「少しこのままでいよう。安心しなさい、いくらでも待つから。君の躰が私を受け入れるまで」

ファルークはそう言ってくれたが、どうにも中途半端な状態だ。

灯里は申し訳なくて、小さな声で謝った。

「ごめんなさい……あの、さっきより、お……大きく、感じるの。どうして？」

「謝ることはない。より昂っているのは、避妊具をつけていないせいだろう。君をじかに感じることができて、至福を味わっている。この悦びを君にも伝えたい」

灯里の身体の下に腕を差し込み、ファルークはきつく抱き締めてくれた。

ふたりは半分だけ繫がっている。無理に押し込むことも、引き抜くこともしない。下腹部を固定したまま、ファルークは灯里の首筋に唇を押し当てた。

片手で彼女の髪を撫で、露わになった耳朶を甘く食む。

「私がどれほど君を美しいと思っているか、ちゃんと伝わっているだろうか？」

「そ、そんな……美しくなんて、ないです。でも、ファルークは……本当に、そう思ってくれるんですか？」

灯里の質問にファルークは、

「もちろんだ。君より美しい女性はいない。私は永遠に、君に夢中だよ」

聞いた方が赤面しそうな言葉をさらりと返し、優しくキスしてきた。

強く押し当てることもなければ、吸い上げるわけでもない。ただ、灯里の唇を軽くなぞり、吐息を吹きかけてくる。そして、たまに舌先でペロッと舐めるのだ。

それは躰の奥から痺れてきそうなキスだった。

しかも、挿入した肉棒の先端をクルクルと回し始める。

「あっ……あ、あっんっ！　やだ、待って、待って……そんな、そんなふうに、ま……回しちゃ、ダメェ」

緩やかな動きに、快感だけが駆け上がってくる。

髪を撫でていた彼の指が下に向かい、ふたりの繋がった場所をまさぐった。そして、敏感になった花芯を激しくこすり始める。

「ファル……ク、わた、わたし……あっ、ダメッ！　そ、そこは……やぁ」

「ここが気持ちいいのかい？　じゃあ、もっといじってあげよう。――ああ、いい子だね、灯里。膣内《なか》が熱くなって蜜が溢れてきた。これなら、もう少し奥までいけそうだ」

次の瞬間、ファルークの肉棒が奥へと進んだ。

緩々と円を描くように入り込んでくる。その優しい動きに、灯里の躰は一切の抵抗をやめた。

あまりの心地よさに、灯里はトーブを握り締めながら背中をのけ反らせる。最初のときより密着して感じるのは、避妊具がないせいだけではないだろう。

躰はファルークを受け入れながら、愛されていないという思いが灯里の心に壁を作っていた。

だが今は違う。ファルークは彼女の心も躰も求めてくれている。

「ファルーク……好き、さっきも、言いたかったの……愛してる。ずっと、一緒にいたいって……あっん」

「嬉しいよ、灯里。何度でも聞かせてくれ。私も、君を愛している」

ファルークの熱情が灯里の心をいっぱいに満たした。

「じゃ、あ……終わってす……ぐに、背中……向けないで。冷たく、手を払われ……て、悲しかった。ファルークに、きら……われたって、思った……から」

それは、さっきは口にできなかった言葉だ。

「ああ、なんてことだ。本当にすまない。二度と、私のほうから離れないと約束する。君にそんな悲しい思いはさせない、絶対に！」

そう言うと、ファルークは身体を起こした。そのまま灯里も引き起こされる。ふたりは繋がったまま、外套の上で座り込む格好だ。

ファルークと正面から抱き合う。

目が合うとどこか恥ずかしくて、彼の胸に顔を埋めた瞬間、硬い肉棒が蜜壁をこすりながらズズッと奥に滑り込んだ。

「あ、あ……あぁ……やぁんん、もっと、奥に……入って……はぁぅ」

「痛むかい？」

彼の手が灯里の腰を支えてくれるので、挿入はゆっくりだ。痛みは感じず、灯里は首を左右に振った。

それどころか、中に感じる熱が膣奥を蕩けさせていく。

蜜窟の内側をくすぐるような愛撫が繰り返され、その柔らかな刺激に、灯里は堪えきれずに腰を揺らし始めた。

「これは、どうしたことだろう。私の抽送が待ちきれない、と言うことかな？」

ファルークはクスクス笑う。

その上、少しずつ支える力を弱めていく。当然のように、灯里の溢れさせた蜜は潤滑油となり、ファルーク自身を締めつけながら奥へと誘った。

「それ、は……違うの、そうじゃ……あ、あっ……奥が……やだ、やだ、わたし……感じ、ちゃ……ぅ、あ、あーっ、ダメーッ!!」

躰の奥に肉棒の先端が当たる。コツコツと突つかれ、その瞬間、灯里の意識は弾け飛んだ。

下肢をふるふると痙攣させながら、ファルークに抱きつく。

「待ちなさい、灯里。そんなに、締めつけては……私も」

そこまで口にしたあと、ファルークは灯里をふたたび押し倒した。

辺り一帯に欲情の水音が響き渡った。ファルークは余裕を失ったように、激しく腰を打ちつけてくる。

幸いなことに、灯里の蜜穴は充分に潤っていて、激しい動きにも痛みはない。

ところが、しだいに股関節に痛みを感じ始め……直後、彼の動きが止まった。情熱の猛りは何度も痙攣を繰り返し、そのたびに、膣奥に熱い飛沫を感じる。

これがファルークの愛の証明。彼が心から望んでいた行為で、灯里に自分の子供を産んでほしいと思っている。

ふたりはようやく夫婦として結ばれた。

「ファルーク、大好きよ。ずっと、傍にいて……一生、傍にいてね」

「何があっても離さない。愛している、灯里」

彼の愛する砂漠で結ばれて、本当によかった。

灯里は十四年前に教えられた〝砂漠の神様〟に、心の中で感謝の言葉を呟いた。

エピローグ

『トルワッド政府はこのたび、ファルーク・ビン・タルジュ・アル＝サティーヤ首長と日本人女性、佐伯灯里さんの結婚を正式に発表しました。十四年前に行われた結婚式は暫定的なもので、この十四年間で愛情と信頼を育み、このたび正式な結婚に至った、とのことです。当時、ファルーク首長と妹のミーラード王女はクーデター政府に命を狙われており――』


四月上旬、灯里はファルークと一緒に帰国……いや、来日した。

トルワッド政府がふたりの結婚を正式発表したのは、来日の二週間も前になる。だが、内容が衝撃的だったせいか、今でも毎日のように世界中のどこかで報道されていた。

両親を殺され、八歳の妹に心臓の手術を受けさせるため、暫定的な結婚を選んだ十六歳のファルークを悪く言う人間はいなかった。

当たり前だが、九歳の灯里を責める声など上がるはずもない。

灯里の両親には「娘を犠牲にするところだった」と一部非難の声も上がったが、それ以上に支援者が多く、とくに問題にはならなかった。

実際問題、灯里が失ったものはひとつもない。これで犠牲も何もないだろう。

あと、ファルークの〝九歳の少女に対する性的虐待疑惑〟だが……。

『私たちの結婚は十四年の時間をかけて、ようやくすべての儀式が終了した』

その言葉だけで国民を納得させてしまうのだから……ファルークはやっぱり凄い。

言葉だけでは納得できない諸外国の人々にも、『我が国の首長を侮辱するのか⁉』というトルワッド国民の怒りのパワーで押しきった。

それもやはり、ファルークの力だろう。

灯里たちが今いるところは、〝アルド・アイスアリーナ〟の横にある〝シーサイドパークホテル〟のラウンジだ。

アリーナの同僚たちに別れの挨拶ができるように、とファルークが滞在先にこのホテルを選んでくれた。

（ファルークの目の届かない場所で、わたしが永井さんと会わないため、なんて……考え過ぎよね）

ところが、そんな心配は無用だとわかった。永井のほうはファルークと顔を合わせることが怖かったのか、わざわざ休みを取ったらしい。

支配人の小山内やチーフの岩倉は、さすがに嫌みは口にせず、愛想笑いを浮かべていた。だが裏ではいろいろ聞くに堪えない悪口を言っているようだ。そのことを教えてくれたのが弓枝だった。

「負け犬の遠吠えなんだから、放っておけばいいのよ。灯里ちゃんは〝憧れの王子様〟と幸せになってね」

一番仲のよかった弓枝にそう言ってもらえ、灯里は胸を撫で下ろした。

その一方で、

「あたし、佐伯先輩のこと尊敬してましたぁ。先輩みたいになりたいなぁって。トルワッドに行ったときはお城とか宮殿とか、入れてくださいねっ」

アルバイトの真由美に猫なで声で言われ、思わず転びそうになる。「先輩」なんて呼ばれたこともなければ、尊敬のまなざしで見られたこともない。ここはもう、適当に聞き流すしかないだろう。

今夜は貸し切りでアリーナを使えることになっている。ファルークと一緒に、スケートリンクでデートができるなんて夢みたいだ。

灯里はこのあとのことを想像するだけで、頰が緩みそうになるが……。

ラウンジにいる理由を思い出し、頰を引き締めた。

「まさか、ファルークの妻を関連グループで雇っていたとは」

白いトーブ姿の男性がひとり、灯里たちとテーブルを挟んだ正面のソファに座っている。尊大な態度で、灯里を値踏みするように見ているのは、アリーナとホテル両方のオーナー、サイード・ビン・アイヤーシュ・アール＝クライシュ。

アリーナの親会社の社長なので、会社案内などで顔は見たことはある。だが、実際に会うのは初めてだ。

トーブ姿の男性には慣れたつもりでいたが、サイードからは独特のプレッシャーを感じる。灯里は緊張のあまり、挨拶以降、ひと言も発していない。

ファルークも長身で一八〇センチはある。だが、それほど恐ろしいという感じはしない。逆鱗に触れたことのある小山内などは違う意見かもしれないが、灯里にすれば、傍にいて寛げる男性だ。

目の前のサイードは、ファルークよりさらに背が高い。青い瞳も眼光が鋭く、威圧感が半端ない。彼に見られていると思うだけで、灯里の手に汗が浮かんでくる。

（パッと見た感じが、日本人に思えるせいかも……）

青い瞳を除く彼の容姿が日本人に思えるのは、母親が日本人だからという話だった。

「毎年、顔を合わせていたはずだ。なぜ言わなかった？」

「言えば君のことだ。灯里を解雇しただろう？」

軽くいなすように、ファルークは答える。

だが灯里のほうが、解雇という言葉にドキッとした。

まさかそんなことは、と思いつつも……サイードはニヤッと笑う。

「たしかに。だが、今はそんな真似はしない。これでも多少は日本ナイズされたつもりだ」

「ああ、夫人の影響か。よい兆候だな。君は戒律に厳し過ぎる。とても、この日本で十年も暮らした男とは思えない」

サイードの妻は日本人だった。

本来なら同行するはずだが、妊娠初期の悪阻で体調が優れず、サイードはひとりでトルワッド首長夫妻と非公式の面会に訪れた。

「おまえに言われる覚えはない！　第一、私より堅物ではないか」

長い脚を無造作に組み、ファルークを「おまえ」と呼ぶ。それは彼がアルド王国で王太子の異母弟に当たり、シークの称号を持つせいでもあるのだろう。

しかし、公的身分は一国の元首であるファルークのほうがはるかに上だった。

（ファルークは昔、〝シーク・サイードには一生敵わない〟って言ってたこともあったのよね）

そんなふうに言ったのは、十四年前の結婚のこともあったのだと思う。

あの結婚式を取り仕切ってくれたアイヤーシュはサイードの父親だった。日本との連絡や交渉でも世話になったと言っていた。

（そのことを恩義に感じていて、サイード社長にも好きに言わせてるの？　そういうファルークの気持ちを知ってて偉そうな態度を取ってるなら、サイード社長ってなんか好きに

なれない)

灯里が心の内で、サイードに対する不信感を募らせていたとき、名前を呼ばれてハッと顔を上げた。

「灯里、サイードが君にお詫びをしたいと言っている」

「え？　お詫び……ですか？」

いったい何に対する〝お詫び〟なのだろう？

すぐには思い当たらない。だがそれが、例のエレベーターに閉じ込められた件と防犯カメラの映像流出の件だと聞き……そう言えばそんなこともあった、と思い出す。

「例の警備員は関連会社の者ではないが、建物内で起こったことは我が社に責任がある」

そう言ってサイードが口にした内容に、灯里は腰が抜けそうなほど驚く。

「このホテルと隣のアリーナをファルークの夫人に贈呈する」

なんと答えていいかわからず、隣に座るファルークの顔を縋るように見上げた。

すると、ファルークはニッコリ笑って灯里の手を握り、彼女の代わりに答えてくれた。

「ありがたく頂戴しよう」

(か、簡単に……頂戴してもいいんですか⁉)

そんな声が、頭の中を駆け巡っている。

「その代わりと言ってはなんだが、アブル砂漠の離宮を君の最初の子供に贈ろう。国境には接していないので、できる限りアルドに近い場所、ということになるが」

灯里は目の前がクラッとした。

ファルークの返事も規模が大き過ぎて、よくわからない。

だが、サイードには何か思うところがあったらしい。彼の表情は一気に緩んだ。

「それはありがたい」

そんなサイードを見ながら、ファルークも嬉しそうに笑った。


「そんな、自分の国に帰れないなんて……」

サイードを見送り、宿泊予定のスイートルームに案内されたあと、灯里はファルークから話を聞いた。

アルド王国内の問題で、サイードは二度と祖国に戻れないのだ、と。

「大国を挟んではいるが、両国の砂漠は繋がっている。我が子に見せたいのではないかと思ってね。もちろん、トルワッドから見た砂漠のほうが美しいが」

最後の言葉に灯里が笑うと、ファルークは後ろから抱きついてきた。

「君は私の妻なのだから、私以外の男に見惚れてはいけないな」

「見惚れてなんかいません！　ただ、奥様のことを口にしたら、急に印象が変わったからびっくりして……」

別れ際、灯里はサイードの妻が秘書として勤めていたころの話をした。

本社の人間は、子会社で働く末端の社員のことなど気にも留めない。だが、社長秘書を名乗る女性は、イベントでアリーナを使うときには必ず丁寧な挨拶をしてくれた。

そのときのことを覚えていて「お会いしたかったです」と伝えたとたん、威嚇のような笑みが満面の笑みに変わった。

「でも……ホテルやアリーナを贈呈って……冗談ですよね?」

「個人資産が数百億ドルのシーク・サイードだぞ。冗談など言うものか」

数百億円でも凄いのに、通貨がドルだといったいいくらになるのだろう?

「土地や建物を渡されても面倒だろうから、と株主を書き換えたそうだ。君がアリーナの筆頭株主だよ。嫌な社員がいたら解雇できるが……どうする?」

それこそ冗談ではない。

スケートリンクをこの手で造りたい、と思ってきたが、別にオーナーになりたいと思ったことはない。

「や、やめときます。そういうのは全部おまかせしますので。あ……それはともかく、今日の公務が終わったら、デートしてくれるって約束、覚えてますか?」

一応、非公式とはいえ客を迎えたので、今のふたりはトルワッドの正装だ。このあとも、公園内にある水族館を見学する、という公務が待っている。

だがそのあとは、ファルークはスーツに、灯里もごく普通のワンピースに着替えて、彼女が希望する場所でデートする約束だった。

ラストがもちろん、スケートリンクだが、他にも行きたいところはたくさんある。

「君の願いはなんでも叶えると言ったはずだ。警備の者は心得ている。側近を出し抜くのは私に任せなさい」

ファルークは公務を抜け出す常習犯だと、サアダーンが言っていた。今回の来日には同行していないが、若手の側近たちに要注意の指示をしていたように思う。

灯里はクルッと身体を回し、背伸びをして自分からファルークの首に抱きつく。

「側近を出し抜いて、いろんな国で女の子とデートしてた、なんて言いませんよね?」

「この目立つ容姿で?」

言われてみればそうかもしれない。

思えば、彼はどこにいても目立つ気がする。アジア系とはまったく違うし、生粋のアラブ人にも見えない。かといって欧米とも何かが違う。

灯里が思い描いてきた普通のデートに付き合ってくれると言う。だがそれは彼にとって、大きな負担になるのではないか。

灯里がうつむきかけたとき、ファルークの唇が押し当てられ、キスで上を向かされた。

「そんな顔をするものではないよ。目立つから悪いことはしてこなかった、と言っているのだ。それに私が公務を抜け出していたのは、この日本だけで……」

そこまで言って、ファルークはばつが悪そうに横を向いた。

「あの、ファルーク?　それって、どういう意味?」

ついさっきも「私より堅物」とサイードに言われていた。そんなファルークが公務を放り出してまで行く先というのは……。

「そうだ。君の様子を窺っていた。とくに高校を卒業してひとり暮らしを始めてからは、心配でどうしようもなかった」

それだけでは気が済まず、トルワッドの大使館の関係者を数人、灯里と同じコーポに住まわせていた。最終的にはコーポの土地建物を買い上げ、彼自身が管理人を雇って灯里の日常に関する報告を受けていたという。

「ファルーク……」

思わず、ストーカーみたい、と言いそうになる。

さすがにそこまで言ってはまずいだろう、と灯里は言葉を呑み込んだ。

（まあ、それくらい愛されていたって思うことにしよう……うん、だって夫婦なんだし）

気持ちを切り替え、灯里はニコッと笑う。

「デートはこの公園の中だけでいいです。その代わりに、この部屋でのんびりしたいなぁ、なんて……かまいませんか？」

そして、甘えるような仕草でトーブのボタンに手をかけた。ボタンは前に付いていて、ウエスト辺りまで続いている。

「私が君の願いに〝ノー《ラー》〟と言えるとでも？」

すぐにファルークの声も甘く蕩けそうになる。

彼の手がアバヤ越しに灯里の胸に触れそうになった、そのとき――。

コンコン、と扉がノックされた。

『水族館見学のお時間が参りました。お支度が整いましたら、ロビーまでお越しくださいませ』

側近が呼びにきたのだった。

ファルークは大げさなくらいに額を押さえて落胆する。

灯里はクスクス笑いながらも、そんな彼の背中を優しく撫でてあげた。

「公務が終わったら、のんびりするってことで……ね？」

灯里がそう言った直後、はしばみ色の瞳がキラッと輝く。

「では、灯里。君の大好きな観覧車でのんびりする、というのはどうかな？　君が望むなら、スケートリンクでもかまわないが」

「かっ、観覧車は、のんびりするところじゃありません！　それに、リンクでなんて……不謹慎ですよ、ファルーク！」

灯里は真っ赤になって叱りつける。

結婚十四年目にして、ふたりの新婚生活は始まったばかりだった――。

あとがき

はじめまして&こんにちは、御堂志生《みどうしき》です。

『シークと最高のウェディング』をお手に取って頂き、どうもありがとうございます。

そしてそして、オパール文庫、創刊一周年おめでとうございまーす！

ついこの間、創刊したばかりと思ってたんですが、一年ってあっと言う間ですねぇ。気がつけば、またひとつ歳《とし》を取ってしまい……いやいや、年齢の話はやめときましょう。

今回もシークを書かせていただきました！

本作のヒーロー、シーク・ファルークは、傲慢だったシーク・サイードに比べたらわりとまともかな？　十代で両親を亡くして苦労したせいか、そんな無茶は言わないし、側近も困らせてない、と思う……たぶん（書きながらちょっと不安になってきた）。

灯里《あかり》ちゃんの勤めてるスケートリンクですが……もちろん、あの公園にはないです。どこに造ろうかな～と思いつつ、ホテルの横にドーンと建てさせてもらいました（笑）。

ちなみに私の勝手なイメージなんですが、東京で住みやすそうなとこ……と想像すると江戸川区《えどがわく》が出てくるんですよ。だもんで、東京を舞台に書くと、かなりの確率で誰かが江戸川区に住んでます。

あと、私自身、灯里ちゃんくらいの頃にスケートリンクで働いてました。

清掃の時に水押し棒を持ってリンクに上がったこともあるんですが、あれはもの凄く力が要るので女の子には辛いと思う。あと、お客さんの視線を一身に浴びるので、メチャクチャ緊張するし（苦笑）。

でも一番怖いなぁと思ったのは、スケート靴を履かずに氷上を歩くこと。全く踏ん張りがきかないので思いきり転びました。良い子は真似しないでね（……しないって）。

今回、蔦森《つたもり》えん先生にイラストを描いて頂きました！

表紙のラフ絵を見せてもらった瞬間、叫びそうになりましたよ。「そう、コレコレ、この人がファルークなのよ！」みたいな（笑）。自分の頭の中に浮かんでたイケメンシークが、そのまんま絵になってたのでホントーにびっくり！　灯里ちゃんもラクダもキュートです。

蔦森先生、本当にどうもありがとうございました。

最後に――優しい言葉をかけてくれる読者様や執筆を始めたことで知り合えたお友達、素敵な作品に仕上げて下さった担当様と関係者の皆様、あと、身体の心配をしてくれる家族に……いつもありがとう。皆様のおかげで今回も本を出して頂くことができました。

そしてこの本を手に取って下さった〝あなた〟に、心からの感謝を込めて。

またどこかでお目に掛かれますように――。

御堂志生

本編ではウマでしたが、きっとファルークは
あの後ラクダにも乗せてくれたんじゃないかと

Opal

シークと最高《さいこう》のウェディング

オパール文庫をお買い上げいただき、ありがとうございます。
この作品を読んでのご意見・ご感想をお待ちしております。

ファンレターの宛先
〒102-0072　東京都千代田区飯田橋3-3-1
プランタン出版　オパール文庫編集部気付
御堂志生先生係／蔦森えん先生係

オパール文庫＆ティアラ文庫Webサイト『L'ecrin《レクラン》』
http://www.l-ecrin.jp/

著　者――**御堂志生**（みどう しき）
挿　絵――**蔦森えん**（つたもり えん）
発　行――**プランタン出版**
発　売――**フランス書院**
〒102-0072　東京都千代田区飯田橋3-3-1
電話（営業）03-5226-5744
　　（編集）03-5226-5742
印　刷――誠宏印刷
製　本――若林製本工場

ISBN978-4-8296-8236-4 C0193